離亂經

陳滅

目次

卷三　我不知道香港往哪一個方向吹

卷四　十四行詩二十二首

卷五　加鹽的咖啡

卷六　發了一場香港夢

卷七　粵劇詩箋

推薦序

汽笛再響，迷霧中仍有我

讀陳滅《離亂經》

鴻鴻

陳滅《離亂經》是一部重量級著作，寫的是一個香港，兩個時代，兩種聲音，兩樣情懷。

距離他的前一本詩集—— 2008 年的《市場，去死吧》——已有十七年，其間香港經歷了天翻地覆的巨變，兩場運動（2014、2019）橫亙其間，詩人從壯年步入中年，也從香港移居到了臺灣。十七年一劍，堪稱惜墨如金，卻擲地有聲。這本詩集，不論於個人、於香港，都無可避免成了時代之聲。

陳滅是香港文學的指標性評論人，嶺南大學的博士論文研究的便是香港三四十年代新詩，以本名陳智德撰寫及主編的香港文學論集更是影響深遠。但同時，他也是一位擁有雙重聲音的詩人：針對資本主義掛帥的社會現象雄辯滔滔，而面對香港在時代轉折的衰變，則出以深沉低迴的抒情。這兩種聲音，對比塑造出一位詩人的立體光影。

1 南音與怨曲

香港由於地處中西樞紐，在「九七回歸」前的半世紀，相較於海峽兩岸的政治管控，猶如化外之地保有了開放及多元，既傳承中國文化又吸收西方養分，形成了獨特的文化氛圍。然而九〇年代隨著臺灣解嚴、香港回歸，情勢為之逆轉。陳滅曾以系列詩作映照回歸十年：

> 永遠都有煙花，但霓虹為甚麼閃爍，又缺了筆劃？
> 那倒閉店鋪的招牌仍高掛著，多少年了？
> 〈說不出的未來〉（《市場，去死吧》）

這是一闋何等傷感的時代哀歌！為《市場，去死吧》寫序的前輩詩人葉輝，曾以「我的保羅策蘭」頻頻呼喚陳滅，推許他以語字發動的「孤絕的反抗」。陳滅則心向白居易、杜甫的淑世情懷，「在困乏、絕望、憤怒和佯狂當中，獲得自身的不朽。」正如香港以彈丸之地，承載起世紀風雨，陳滅也試圖以方寸之詩，顯影個人的時代印記。詩人謙卑地，為自己的頭兩本詩集命名為《單聲道》和《低保真》，都是聲音紀錄的早期、低階方法，卻自有懷抱、邊緣發聲的果敢。同時也暗示了，詩人如何注重詩的音樂性。

的確，陳滅之詩風格醒目，一大特徵便是他的音樂性。無論記事或議論、微物地誌或宏觀歷史，強烈的音樂性讓他有別於前行代及同代香港詩人散步般的口語節奏，而流露詠歎的力量。我心目中，陳滅有如當代的吟遊詩人，唱著失落的情歌;他留下的記憶，也是情感記憶。

以他在臺灣書寫的第一輯「離亂經」來看，香港成了「一個不再癒合的傷口」（借曹疏影的形容）：

去吧應有未竟的夢留給
留給夢外的睡痴鳥
〈睡痴鳥〉
替我夢回旺角的夜色
夢會旺角的佳人
〈無聲譜〉

無須援引太多，簡單兩行便能喚起盪氣迴腸的音樂，夢般的無盡憶想。甚麼是「睡痴鳥」？誰能「替我夢回」？旺角的佳人又是誰（卡門？路上一瞥煙花女子？）以這樣的懸念開啟了只有詩能帶領的綿長追尋。

——此刻迷霧漸濃、步凌亂、難掩倦
滿目路徑與父輩的履痕交錯
滿途呼嘯與消逝的人影略過
驀見暗暗三兩深情人面，如電影淡出
〈無聲譜〉

中國詩詞修辭與西方電影技巧交錯，有一種華洋混雜的現代感。詩人呼喚麥花臣球場旁邊的小神祇，拜託祂驅逐橫空高頻尖叫的警車，又是一重新舊對比、神魔對峙的當代情景。華洋新舊的併陳，原是香港的城市本色，也是香港之詩的本色，卻在新時代的碾壓下，成為身份的證明。詩人以舊敵新的風格選擇，遂顯得格外有深意。

《離亂經》最後一輯，則是寫於兩次運動之間的「粵劇詩箋」。讀到從《洛神》引申而來的「凌波輕泛起歷史煙塵／我們卻憑甚麼越過／現實更陰森的播弄？」除了借古喻今的意圖，我卻忽然發現陳滅的文字音樂性的另一個淵源：南音。這種粵語曲藝，曾為許多香港藝術家所取法挪用，包括也斯與廖偉棠。「今日柳底冤魂恨似海，誰解寸心哀」的幽怨，在陳滅的詩裡，成了「跌宕琴聲宛似頹城亂破」，與當代的情境與聲韻合流。

陳滅的詩裡可以聽到南音餘緒，也可以聽到來自底層朗唱的怨曲。怨曲即粵語對blues的翻譯，臺譯「藍調」、中譯「布魯斯」，係一世紀前美國黑人的歌謠，往往同樣十二小節曲調的往復，以歡快節奏、嘲謔口吻來遣悲懷。陳滅的怨曲，包括五個章節的〈玻璃曲〉、八個章節的〈咖啡曲〉，或是〈我不知道香港往哪一個方向吹〉，滔滔雄辯加魔幻寫實，在「佯狂」當中，令人痛快落淚：

我不知道香港
是在哪一個方向明滅
我是在夢中，
香港在夢外
還是剛好相反？

另一面，那個抒情的陳滅，又喜歡用十四行詩的經營來自我收束，《市場，去死吧》中有十二首，《離亂經》又交出二十首。那個由英詩傳到中文詩，又從馮至到楊牧的傳統，到陳滅手裡，卻變成了他的行板、他的短歌，一曲悠悠，被雨浸透。

2 大寫香港

讀陳滅的詩，會不斷被提醒，當一座繁華城市崩壞時，詩人可以何為？可以無盡徘徊在地鐵、巴士、街巷間，或沉迷於流行歌、漫畫、電影裡；可以歷數往日珍貴生活點滴，可以訴說曾經或未盡的愛情；可以攬它入夢，也可以為它哀哭。無力再擊抗爭的鼓點，卻也不甘願寫墓誌銘——不如寫一本經，用來超渡，用來安魂，護持轉生。「可否唱一首歌，給無歌的香港」？陳滅在〈霧港話別〉的後記思索「詩歌如何在靜觀沉思中凝煉出抗衡」，並引用梁秉鈞在〈鄭敏的聲音〉一文所說：「抒情詩的意義，正在它抗衡公眾的粗疏與麻木」，剴言「鄭敏及其四〇年代現代派詩人留給當世的啟示，或就是這種抗衡聲音的超越意義。」

然而，抗衡粗疏與麻木，何其艱難？要鑽進大眾與精緻文化的縫隙，要共感人我分殊的貪嗔愛痴，要勇敢幻想、更要勇敢面對幻想的破碎。才驚見「萬家點起時代欲撲滅的燈火」，一轉眼——

千萬愚公亢奮地移平了
我們歌唱萬遍的獅子山

這樣的世界，在雨傘運動前詩人已經預言：

還是已把秘密捨棄如垃圾
洗街車清晨如坦克徐徐臨近

從六四（詩人一再致意的紀念日）開過來的坦克，早已經逡巡在香港街頭。而抬頭，那些林立的大廈，也面臨相同的困境：

窗戶鑲嵌在大廈
它想飛去但飛不動
……
燈泡也鑲嵌在大廈
亮麗卻閃不動

人們想飛去但就是飛不動，只有大廈的價格飛揚。陳滅念念不忘熱中書寫的大廈，因為裡面有千萬人家。這首〈大廈輓歌〉用生動的意象，說明了物換星移卻移不動的人們。但其實，大廈就像香港，「最重大的失去自主不是被奴役／而是喪失對不自主的認知，或至少掙扎」。

為了不放棄認知，至少掙扎，至少詩是能飛的。詩人必須在高空俯瞰，才能望見：

看，那是光，還是火？
他是流螢，我是燈蛾
枉向飛行的生命問詢
雲彩的滋味如何？

而要在低空盤旋，才能細讀：

香港的漫畫也靜默
市民熟睡呼出的話圈

似雲，似隱匿的心路
蜿蜒彎向未來

然而又深恐離地太遠，變成伊卡洛斯，他決定往下：

一扇窗戶飛出了小鳥
奔赴另一段泥土和風
我何曾真正懂得了泥土
更何況香港的味道

香港的味道為何？無須心虛，《離亂經》其實遍拾皆是。從前一個時代的批判，到後一個時代的緬懷；從高歌到哽咽，還有許多，可嘆是離開了才可能盡情訴說。或者正由於惜墨如金，陳滅才決定奮不顧身，直面時代的巨餤，以飛蛾之勢撲去。這不是時代給詩人的挑戰，而是詩人在挑戰時代。以小寫的我單挑大寫的香港，因而許多句子、許多意象，都爍金為刃、凝土為器、氣湧成歌。香港文學不會止步於此，但在《離亂經》之後，勢必要翻向下一章了。

而發了一場香港夢後的陳滅呢，回到他年輕時曾經就學的臺灣，他看見了甚麼？

地底列車掙扎著衝出架空路段
原是為了一見，台北傾斜的雨

身為每天搭捷運的臺北人，我從未有如此的欣喜。這是臺北的味道。

卷一、離亂經

——離亂經，既是離散亂世之紀，也是求脫離亂之經。

睡痴鳥

夜別的腳步彳亍
風仍往城市的背影吹
霓虹燈光減省了筆劃
舊了，再別問幻彩下誰掩面
誰彳亍，在亂離的路上

夜別的眼睛迷濛
燈下重疊僅如孤影一抹
渴欲掙脫出夢外的睡痴鳥
夢內有你歸來的銀鈴語

仰天總見雲散步
向港灣搖落了一吻
分隔的天使也盼待相擁
哪怕只是越過馬路前
回頭寄予一瞥

每天總有足音漸杳
值得詢問的有多少？
不知失落或是重拾
是否如此活得像是植物？
去吧應有未竟的夢留給
留給夢外的睡痴鳥

飛吧向那擴大的夜
無盡的旅途再尋覓
可有幾聲相和的夢呼叫
在這時代，風一吹使腳步亂離
風一吹，再別問何以來去
竟似那，無語的睡痴鳥

（2023.12）

無聲譜

西北有高樓，上與浮雲齊。交疏結綺牕，阿閣三重階。上有絃歌聲，音響一何悲。誰能為此曲，無乃杞梁妻。清商隨風發，中曲正徘徊。一彈再三歎，慷慨有餘哀。不惜歌者苦，但傷知音稀。願為雙鳴鶴，奮翅起高飛。

——《古詩十九首》其五

多麼劇烈的追想
劇烈得近似冷漠
居民步履蕭散也冷寂
店家焦灼而攤販落寞
記者、教師莫名地奔波
一代人有話而無言
理念茫茫懸掛如一具
部首殘缺的破霓虹
滿目夜都市的字形剝落
流浪人勉力仍願彈奏結他
那知弦音燃著了
窗戶間乾枯的思念
冷風播弄滾地的空罐頭
我可以感受到那崢嶸的痛

小城何以變得蕭索
海報褪色、雜誌過期
文字如雨——滴滴碎散的心
灑落到滿地都是
前人抒懷又孜孜修訂的句子
小城可曾感受那撇捺？
帶點微熱是那沾襟的筆劃
——多麼多麼劇烈的思念
劇烈得變作無言

等待旺角給我呼喚一語
走到奶路臣街東面盡處
列車低空劃過，似無力的流星
可仍有願望或祈求寄予
麥花臣球場旁邊的水月宮觀音廟
敬問堂內可會是無言的雕塑
還是安坐一位酣睡的神祇？

替我夢回旺角的夜色
夢會旺角的佳人
相偕自彌敦道南行再北返
每到亞皆老街總要分別
殷勤話別後仍記掛她盈步細碎
東行轉赴或西移北向
就在旺角右前方茫茫視域以外
尚有更幽寂而遼闊的九龍城
更古遠而隱秘的黃大仙

新蒲崗與鑽石山相互傳話沉思
旺角還是不是他們同盟般的戰友？

呼喚麥花臣球場旁邊的小神祇
可別昏睡啊山東街唯一的小神祇
可有法力為我們驅逐
橫空高頻尖叫的警車？
小神祇抖擻地說要堅定心志
遇著警車強光也不要驚惶
旺角有揮發高濃度酒精的霓虹
有催淚迷魂的雲吞麵
呼叫機動部隊小販，便裝的秘密示威客
要有禮貌地盤問交通燈
——但報販是否可靠的情報員？

替我夢回旺角的夜色
夢會旺角的佳人
盈盈步過舊伊館路經諸聖堂
街燈掩映半照薄晚飄逸的娉婷
更懷戀她談文論藝最美的哲思的心
自西洋菜街隱閉的樓上書架
細讀出幾許旺角式優雅
共懷念那消失的書店東岸
撿拾另一片片飄落的洪葉
記否南山五車貽善堂
還有文星實用馬健記
多麼多麼數不清的思念
多得變作無言

踽踽獨行彌敦道南向再北返
亞皆老街總是每一市民的轉折
——西北有高樓
深水埗後還有廣漠的長沙灣
可是絃歌音響一何悲
清商隨風發，中曲正徘徊
——我們多少父輩，曾躑躅在去或留之間？
一片一片蕭索漫漠的邊境
一道一道森羅如鬼域的關卡
又到了嗎，我的父輩 Oh my God
又到了離散時代
幾代人歧路哭窮途？
幾代人……明白了且暫拋卻愁思
何妨再登臨俯瞰之巔
何妨尋索另一自由仙界之濱
可是日暮漫回頭，不覺眾鳥高飛盡
花近高樓低訴萬方多難
恨別香港史的一頁
留不住每一過路者的淡然一瞥

——此刻迷霧漸濃、步凌亂、難掩倦
滿目路徑與父輩的履痕交錯
滿途呼嘯與消逝的人影略過
驀見暗暗三兩深情人面，如電影淡出
也知已逝的喚不回、剎不住
只有停滯汽車催促旺角凌亂的心
旺角的汽笛高唱如號角
旺角的驪歌奏出色士風半闕低冷藍調

留待另一個落花時節
又有渴望的季風把我們吹回來
哪怕風塵澒洞昏香港
去吧，願有歌聲滿路
去吧香港舉杯為我們餞別

焉知旺角的慷慨總有餘哀
滿眼交錯盡是淡出的人面
盡是淡去了畫面的街巷
旺角的寺廟、教會盡皆默然熄了燈
宛似上蒼深刻填寫一頁無聲譜
留待分成四音部的詩班合唱
是那多麼崇高而痛楚的追想
崇高得近似無讀者的詩句
無市民的香港
看那無乘客的列車劃過
停不住劇烈而痛楚的追想
劇烈得近似冷漠

（2025.01.24）

香港茶餐廳

聽說風暴漸近而未親臨這都市
我攜負背包，只為遠遠地嗅到
燒臘叉燒掛滿店前的香味
店內人聲紛雜夾幾句粗言
收音機播送賽馬獨贏與位置的消息
我好像很習慣又似陌生
但何妨向這小店走近些
走進這間名為香港的茶餐廳

這是週三跑夜馬的晚上
店門前的師傅為婦人斬切燒肉
婦人絮絮地提出要求，要切某部位
師傅快刀搞定，一心二用全因為
他思念著賠率，一隻名為香港的馬
掛滿店前的叉燒，無助仍想聲援
彷彿彼此是同命的，賠率甚高的冷馬

我走入店內，空位不多
伙計隨手指向搭檯的位置
我也不假思索，點一份晚餐 B
伙計說晚餐 B 已賣完，著我改晚餐 C
我是可以，唯願例湯與檸茶未變

店外下起細密而不太強烈的雨
在這週三晚飯時分街道
為甚麼仍有穿校服的中學生成群走過？
拋開他們可以拋開的，自由地嘻笑
但是否同樣有——我更渴求看到
三兩個零落、蕭散的、難以辨認身份的教師
同樣渴望地，拋開他們可以拋開的
卻無法，你知道的，他們才真正
是一件一件掛滿校門前的叉燒

晚餐 C，滑蛋叉燒飯這時「滑」到我面前
暗忖香港的味道如何？電視新聞
麻木的眼光、報導員蕭索的臉
像失聲的朋友，掩飾失卻的青春
香港的味道如何、如何？
我擲下筷子而掩面
叉燒飯們面面相覷，也明白了一些
未幾新聞暫歇，轉播聲色炫耀的廣告
為這都市的資本與潮流，含情地哄騙
餐廳內人聲鼎沸夾幾句粗言
店外是細密而不太強烈的雨
據說風暴漸近而未親臨這都市

（2024.08）

離亂經

（一）

澄空，微雲動，樹影亂
急風吹落了言語，小鳥墜
俄而氣清雨歇，足印土地
荷葉喚根，低唸棹歌一遍
漫山遍野蟬鳴響徹，心間迴迴絃動
借風奏鳴，往雨島飄引

似碧空一片，眼波流動
觸不到的微聲句句勸歸去
書頁揭，星送別，吻相隨
街燈低照一段隱隱歷歷來時路
青春小鳥依近囑我要珍重
飛去吧帶著撿拾到的詩句
撒入時雨滋潤的島，呢喃語

（二）

雷變，風雲動，大廈斷
星墜一刻轟炸出爊煙濃、書頁碎
恍惚頹唐亂世，急步傾頹

枝折浮空，斜影亂，滿城驪歌低唱
邊關孤獸空求群，我心牽動寄語
借風奏鳴，往遠島飄引

見碧空一片，思緒流動
我父我師有話囑咐我遠去
列車醉、越界移、夢相追
汽笛悲鳴茫茫遙路去
舊居故友勸我要珍重
飛去吧帶著不知名的心緒
回望我父我師的島，無言語

（三）

空了斷，莫名段段浮情
憶記苦，謬寄予，欲關閉而無從控
人面依依照街巷在心裡亂哄出痛
群鳥結聚而紛紛叫
更甚是信念跌墜如樹枝斷
風無語，唯獨美景依舊，殘酷不變

一切路過的，銀河轉，不忍地燦耀
知有一天塵土覆蓋吾軀，獨留下一頁
無人讀的城市詩殘句
唯盼有樂譜記錄，讓詩班唱
讓灰鴿嗚嗚咕咕地仿叫
呼喚小友靠近來相和，俄而有雨

那麼就飛去吧帶著撿拾到的詩句
撒入時雨滋潤的島，碎無語

（2022.02）

空心的城

(一)

從空城走出，時候已經晚了
列車不載客，載籠中鳥
司機駕列車衝上荒街覓遊魂
司機也有他壯麗的傷追
可引落寞者歸返
曾有美夢酣睡的一寸地

從空城放逐，步履戀戀海岸
飛機不降落，降在雨中樹
空中服務員模仿地面的苦笑
為無翼鳥演習逃生之道

在煙霧迷漫的舞台
歌者亢奮活像一名傳道者
當煙霧散去良久再冒起別種硝煙
歌者又為城市殉道
一揮手，輪船從海港開出
再揮手，人們從夢裡奔赴現代
人們走上街頭，進入了文字

空城連冷寂也收斂起
難道空城已空得倦了？
它茫然地隨著煙花、隨著人流
追逐明星似的幻彩詠香江！

（二）

從空城走出，時候已經晚了
的士司機荒街狩獵離魂
難道空城已遍歷了幻境？
為甚麼蟬鳴時我心會顫動？
風吹送記憶的氣味，倘若風不太急
每位街角行人、每輛如昆蟲的車
何妨以合照抗拒流逝，如能慢下來
如果靈魂自能溝通，不靠賴電子
老舊大廈從癱瘓中甦醒
大廈行走，帶領人們逃亡
大廈崩塌，城市的慘笑更淒厲
我向月華寄語、向雲際傾訴
相信宇宙間有無形的耳在聽
願有雨滴傾斜成文字，但語言蒸發了
獨留下一座，空心的城！

（2022.05）

呢喃雨

時代一浪一浪吶喊
混和漫山一陣一陣蟬鳴
不可思議地響徹
我成長的都市
街貓狂顧而求群
獨問流浪的精靈
可否陪伴一會？

街道一浪一浪吶喊
呼應地底趕路的獸
歲月間多少步履急行？
離別前回看荒蕪都市
分不清滯留的是禁錮的夢
是乾枯的碼頭
還是擱淺的陸上行舟

仍有糾結的叮嚀
仍有一紙只能簡約的留言
託付飄鳥，而夢驚醒
一整列教堂詩班離群獨唱而失聲
似舊刊殘損的字粒
風中散落了
身邊一浪一浪吶喊

一陣一陣呢喃

留給仍願意點亮的霓虹
一息明滅間仍抵禦的蠟燭
飄搖出半响虛弱的溫存
仍有寄語：致我零散的書頁
致我墓園的天使
可有仍願意奔馳的夢
仍願意流動的精靈？
陪伴我呢喃碎語的都市

（2025.01.18）

半途短暫，但無限

（一）

多少日夜同行
影子留駐我們在半途
就是我們走過的路
哪怕空餘一人等候
時代呼號，莫辨我去留
汽笛再響，迷霧中仍有我
不知消逝了甚麼

語言如電流從指頭
送出幽微一聲問候
哪怕只一刻相觸
花火綻放，使沙漏延長
你斜眼再看窗外
不知消逝了甚麼

知道憶念是不對
仍願握緊我生命
半途何短暫
抹不去共鳴
離去時不必話別

流淌一息彌留的憶念
不如記著曾有呼喚
曾有顛簸而溫煦的城

（二）

多少日夜同行
離去時不必話別
半途短暫，但無限
倘若雲影中有信念
知道憶念是不對
如電流碰觸的劇痛
仍願握緊一種生命

沙漏無聲，時流如浪擊
列車載著莫名遠去
頭也不回，卻有話音回轉
一聲兩聲墜落，好像沉重的月

火花升起，墜落了星
海面有光，還只是我手心的汗？
離去前回看一眼
不知海面仍有絮絮言語

舞台燈亮，照見淡出的城
我不知醉了還是在舞蹈
越過啤酒空罐滾地之聲

亂世城巷紛紜間
仍有拍翼聲聲不息
我希望飛過的是燃燒的鳥

汽笛鳴響，來自月台還是港口？
孑立在燃燒的半途
離去前回看一眼——別看
但見半途倏忽，滿路肉身如玻璃花
幾許遍踏過的時代、城市
幾代人彌留的憶念、叮嚀
愛侶隱隱飄幻在窗外
汽笛再響，迷霧中仍有你
不知消逝了甚麼

（2023.02）

台北雨

台北的雨淅瀝又瀟灑
引得風料峭而又風雅
小鳥守在巢裡，守望著
蕭蕭爾雅的台北的雨

台北的雨停了但何妨淅瀝再斜灑
斜灑於街巷也在心坎淤積時逾越
地底列車掙扎著衝出架空路段
原是為了一見，台北傾斜的雨

有時台北的雨怎麼沒完沒了？
卻在不察覺時，雨就停了
地表瞬間灼熱但小雨你可知
白日情淡要比台北的雨酷冷

如果我病歿，倒臥台北的公寓
半年後才會給雨水發現吧
但願台北幽獨的雨灑在我身
台北翩翩的書，枕在我側

台北的雨在夢外輕呼叫
不知它灑得怎樣？
一點一滴的文字涓流漸杳

台北的雨停了，夢就空了

台北的雨灑落思念萬萬千
萬千淅瀝的雨影中可會有我？
但見午晝一束雲光俄而穿透人間
幻化疾馳中，給城市洗去憂傷

雨幾時降或停全取決於雨自己
雨最了解城市的焦渴與憂愁
可有誰告知，雨像雲一般自主？
台北，你應該有雨

（2022.06）

玻璃門

玻璃門顫抖欲掙脫
像一隻拍翼的蝴蝶
多風的晚上我睡不著
也許感應到門的掙扎
還有拍翼的聲音教思緒旋轉
我推窗看熟睡的月
想吻一下門外一顆半圓玻璃夢

——可別喚醒酣睡中那俊俏的鹿
　　你不可方物的幽蘭的美亦隱密
　　像預言的微聲呼息，我終於解讀
　　時光傾斜了，我可安撫你影
　　你的舌下，流淌溫泉般的詩篇
　　我如此感應到你在我夢酣睡

我赤足走出客廳喝水
玻璃門沒有顫抖
格格作響的也許不是門
是門外的海灘，遠方有船
沙粒從指間傾瀉，流逝中
安撫永不癒合的創傷

想起我老師有這樣詩句：

「一些早上盛開晚上零落的紅色花瓣
你叫它『落地生根』
非洲菊雜生的葉叢裡
忽然有枝梗的手舉起一朵花」[1]

我也懷想早上盛開晚上零落的花
卻不知如何「落地生根」
有風，吹返遠去的一句耳語
有梯間的腳步聲、有影子的門前
不敢奢想門內有幽蘭呼息
只化作脫離土地的一根絃

如果夢境就這樣淡出
玻璃門仍然顫抖嗎？
風依舊來去，而我未知所止
格格作響的原來不是門
——是我，永遠在無夢中
顫抖欲掙脫

（2022.12.31）

1 梁秉鈞〈五月廿八日在柴灣墳場〉，《雷聲與蟬鳴》（香港：大拇指，1978），頁 97。

霧港話別

城市跌墜時人們圍繞過來
大廈崩塌時發現未散的心
停頓了又默默唱和起
一整個社會遺忘的歌
音調從獅子噤聲的口角溢出
「落粉的白牆圍繞著沒落的人家
沒落的人家環繞著舊日的池塘」[1]
市民知道甚麼是不由自主的苦楚

海港起霧時燈影迷茫
渡輪鳴笛，水手心內的時針脫落
回望人們留駐岸邊
為甚麼目送鐘樓逐浪而去？
「原來一個岸上，一個船裡，
那船慢慢朝著
那邊有陽光的水上開去了」[2]

---

1 鄭敏〈池塘〉，《詩集一九四二 — 一九四七》（上海：文化生活出版社，1949）。

2 鄭敏〈悵悵〉，《詩集一九四二 — 一九四七》（上海：文化生活出版社，1949）。

為甚麼救護車的響號
　　　　　　　　　　份外刺耳？
原來夜深才聽清都市的吶喊
響得更痛切而淒厲
像圖書館一整列下架的書
萬家燈火中無眠
　　　　　　　無夢、無反抗
交通燈有訊號亦空自變換
人們有說話亦噤若寒蟬
莫名地徒然張口
　　　　　　　而竟無語

都市夜已深得快將凋殘了
話別的人兒撿拾岸邊濺起的破霓虹
哪怕同是心內一筆一劃的破碎
彷彿同是都市老一輩人的破碎
「我們倆同在一個陰影裡
撫著船欄兒說話」[3]
直至破曉迎來第一班渡輪
汽笛一聲喚起無眠無夢的反抗
「從舊日裡多少畏怯的眼光
一齊向著遠方迷惘地矚望」[4]

3　鄭敏〈悵悵〉，《詩集一九四二 — 一九四七》（上海：文化生活出版社，1949）。

4　鄭敏〈池塘〉，《詩集一九四二 — 一九四七》（上海：文化生活出版社，1949）。

城市的萬家有情而無語
有話而無聲，萬家的洶湧
　　　　　　　　　　　無蹤跡
萬馬齊瘖終日究無聲
我問天公可知
　　　　　　渡輪駛過去
　　　　　　　　　　　又駛過來
但城市的青春小鳥
　　　　　　　　一去不回來
城市再見那麼就再見
為甚麼仍聽見街頭洶湧的口號
維園的燭火燃起，萬家的燈也亮
燭火熄滅，萬家的窗也破裂
告別父輩奮進的城
待獅子下山一揮手
池塘泛起一縷漸移月光
終留下莫名寄語：一瞥回望

後記：

本詩變奏自鄭敏一九四〇年代的詩作〈池塘〉和〈悵悵〉，以其意象、音韻與靜觀世界的沉思，對應今日這時代之所見。鄭敏（1920-2022）與其同代詩人，四〇年代的西南聯大詩人群，承接三〇年代現代派詩歌而進一步探討哲思並結合時代議題之回應，予我莫大啟發。二〇〇一年十二月，我以梁秉鈞老師之薦，得以參加北京首都師範大學中國詩歌研究中心主辦之「中國新詩理論國際學術研討會」，與會者包括孫玉石、奚密、岩佐昌暲、柯雷，更得見當時已屆八十一歲高齡的鄭敏在台上發表有關後現代詩學之嚴整學術論文，我驚訝於其生命力，回憶中學時從江蘇人民出版社的《九葉集》、香港三聯書店的《八葉集》等書讀到她一九四〇年代以至八〇年代復出的一系列作品，更感受鄭敏詩歌如何在靜觀沉思中凝煉出抗衡，正如梁秉鈞老師在〈鄭敏的聲音〉一文所說：「抒情詩的意義，正在它抗衡公眾的粗疏與麻木」，鄭敏及其四〇年代現代派詩人留給當世的啟示，或就是這種抗衡聲音的超越意義。二〇二二年十月八日記。

幻夢如真歌

詩序：時代的巨鐘變形，日夜如人面表裡莫辨，惡水橫亙，欲渡卻無舟，前人從書本收集字句，構築了一道文字橋，我讓鋼筆手寫的句子列隊前行，但未能逾半，筆劃已碎散，竟似一個崩壞時代讓我目睹，滿紙書頁鉛字粒隨著遊行隊伍撒入大海。觸摸臉容增生的軌跡，字跡竟似歲月逝水，徒顯僅存筆劃更寥落。一切書寫皆盡如空白乎？孑然的身軀多孤寂，荒陬未能前行，難道藝文竟似幻夢？苦苦收集的文字，如破國貶值的錢幣，如前塵渺渺的思憶。路漫漫，仍見荒字待拾取，月茫茫，仍照殘影縱依稀，也許反抗才能存在，文字閃逝前再捉緊，浪蕩時代幻海間，隱見人面浮沉於我前航起伏心間，字詞音階便即自行吐露，教我悠然低哦，願哼一曲謹致吾父吾師、吾愛吾友。

（一）

親愛的朋友你將要何往
在此無終點世上邁步？
我們的音韻失真、唱片脫了線
難道學術、藝文亦終如幻夢？
如果理想沒有呼應，那就使它不需要有呼應
像一台無聲的收音機
渺渺電波間浮沉多少心緒

閃逝幾許，我輩爽朗情懷
理想落寞時更渴求自主，理想盼著
如風自由，何妨往返進出夢境
如鳥自主，林梢永駐我們的歌聲
一代人探路，一代人建造
另一代人栽種，這一代人跌墜

這一邊有標語被舉起，另一邊有標語被踐踏
歌曲唱頌演變成咀咒，時代的深處不知有多幽險
聽不見懷緬的夜鶯歌唱，卻有梟鳥迴繞鳴號
真摯的吾友這一切不須畏懼
別怕我額前有藝文的燈仍微亮
即使夜風吹逝了，吾友何妨共此曲徑邁步
如歌聲往返，情懷脈脈似風自由
如果理想夠堅韌，所伴隨的學術與藝文終必不如夢

（二）

敬愛的老師你將要何往
在此淩亂世代求索？
你的真理微茫、你的盼望虛渺
難道學術、藝文亦終如幻夢？
尋著了甚麼？宣講了甚麼？
篇章織就了幾許舟楫，如果沒有呼應者跟隨
那就教理念自主，任它成真作幻

敬愛的老師你總盼有真理

你希望我們信念不逝
是的我知你也嚐透了變幻，累透了這現實
難道我們孜孜學習的都是虛幻？
敬愛的老師我渴想再上你一課
永記那文藝思辯教室
有娓娓論析也有你低迴讀詩聲
我當時就應更深刻地理解
你盼見我們初心莫移

藝文有信念如樹幹植根土地
是的我知你已嚐透了變幻，累透了這現實
教室崩坍了，不，教室仍復見
承續於我紀念老師的書房
難道我們孜孜學習的都是虛幻？
放棄前，慶幸仍有回首一瞥
只要目光中有電流，如果那信念夠真摯
所伴隨的學術與藝文終必不如夢

（三）

夢寐的戀人你將要何往
在此易碎車站來回？
你的情懷漠漠、你的心意晦澀
難道學術、藝文亦終如幻夢？
夏風吹拂你透明的身軀
陽光映照皮膚沁出點滴文字
似島上遺留雨後氣息，根著時顧盼

流動時回眸，有些鳥常鳴，有些花枯萎
唯有夢境永駐我們曾遊憩的書界花園

追慕過甚麼？心亂時忐忑想觸摸到甚麼？
探春春不至，訪夢夢不迴，風景急逝
歲月崢嶸，一陣霧吹濛了這世界
驪歌也只能秘密地沉吟
唯車窗偶現浮影，仍痴痴等待的
是不是你夢寐的斑馬？

戀人、戀人，如果世情太冷酷
那就關閉呼應季節的開關
如果文字也可以覺醒
教身軀感覺到思念在起伏
萬化神力使莫名的線拉緊成絃
一揮手便有音符飄引，一揮手使意念瀰漫
覺醒的學術顫動了，內心有微浪暗翻湧
如果有文字就可以盛載
如果有夢境就可以相通
方知幻夢足夠美麗時始讓情意永固
所伴隨的學術與藝文終必不如夢

（四）

踉蹌的父親你將要何往
在此喧囂都市踱步？
你的原稿散落、你的剪報殘破

難道學術、藝文亦終如幻夢？
原稿紙的空間一格接逐一格
如何與另一空間相通？
縹緲塵世如文字
不知可握緊多少筆劃

現實磨蝕了你的鬚根
還是使它更斑駁滋長？
你的理想經久沒有呼應
就像一台關閉了的收音機
渺渺電波間浮沉多少信念
閃逝幾許磊落濟世情懷，斜雨中
吾父啊我們何妨相遇
竟似真摯的難友痛飲

醉步間看一瞥離亂都市的燈
願隨同它嚮往一回縹緲幻境
轉瞬夢覺時看見吾父已振翼
海港濛濛飄落書頁如輕羽
我讀到了你已寫入一方不滅都市
屋舍顛沛亂離了幾代人
教堂、報館與圖書館一一傾斜
傾倒出幾許前代崢嶸又翩翩詩友
街巷間仍浮盪一曲茫然吟唱
我到此刻才重新感應到你
目光中有電流、未放棄的幻影洵美
所伴隨的學術與藝文終必不如夢

（2022.07）

卷二、香港給我的信

——我想把香港找回來，但不知信件藏在哪裡

香港斜巷

慵懶腳步沿斜巷走下去
小鳥聞聲飛遁
另有小鳥叼走枝條
土地遺留看不見的紀錄
是否幾代人情感
蕭散如斜灑的雨

灑落近廈、港口、遠山
灑在疏離卻仍具紐帶的人群
偶爾有人拾取地上一片落葉
葉脈間如有字形
父輩的書刊散印著
香港遺失的筆跡

斜巷夜寂荒冷
一陣風像記憶中一句說話
是否香港遺落的言語
不由自主地囁嚅
失序、索落如蕭散的雨

香港腳步沿斜巷走下去
如脫落的輪胎滾動
苦苦追隨它急挫的軌跡

我想邀約它共醉
文字如斜影拉長地變形
我想抄寫它，到心裡

斜巷有燈呼應萬家的燈
斜巷有壓抑話語去呼應
每一個慵懶或急行的人
從每一個有燈的年代出發
走過破敝消頹街角
發現城市廢墟一般的心

彷彿也乾枯是自己的心
可否重回一處如家的所在？
要有燈、有說話也有眼波
要有書、有淚也有食物
要呼應斜巷街角那破敝的心
要呼應傾訴和萬家的燈

（2019.12.06）

香港浮沉

香港雲層裡升降
也在煙霧間進退
在煙霧間起伏、忐忑
風吹香港
燈號明滅
煙塵不散

香港我心裡浮沉
也在我父輩往返
自無一物的年代逡巡
香港奮進
香港多情
香港囑我要珍重

書頁翻動
掀起黑板寫字的聲音
香港記著曾上最後一課
記否「來時莫徘徊
知交半零落
韶光逝，留無計」
香港可否再握一握手？

盈步未遠總幻似影
素手輕暖未願盡散
香港壓抑
香港上路
香港動蕩時記取了一吻

香港雲層裡低唱
也在煙霧間醒悟
在煙霧間獨語、無言
風吹香港
夢寐間幻變
煙塵裡不滅

（2019.10）

香港的吻，和人民

（一）

泥土與風製造了香港
味道好像一團空氣
又似一堆脫水麵粉

香港苦澀無味或有微甘
前代人是否早已嚐遍
香港遺下的麵包和大廈？
一扇窗戶飛出了小鳥
奔赴另一段泥土和風
我何曾真正懂得了泥土
更何況香港的味道

（二）

雲彩應許香港有雨
香港憑雨水建造了工廠
課室、文憑和納米樓
報紙、居屋和迪士尼
奔波生活的隊伍似列車
衝不破雲層，但怕雲跌墜

香港如石像有淚也是虛幻
伴隨無數勞苦消逝的前人
香港想吻一下熟睡的人民
恍似看電影渴望它成真
我何曾真正懂得了虛幻
更何況香港的吻，和人民

（三）

香港離別時想揮一揮手
告別自己的變幻給人民
說一段最真摯的心裡話
香港如石像有淚也是虛幻
香港苦笑但你不會看得出
它永遠，一副官方批准了的臉

那末再會了香港，泥土與風
雲和大廈，小鳥和塵
但如果香港的虛幻剎那間成真
文藝湧出了淚水，香港苦笑
泥土與風造就香港的人民
奔波生活的隊伍似列車
似窗戶、似人民頭頂的燈
時刻想衝破雲層，奔赴虛幻

（2020.08）

香港入雲

高樓間老鷹盤旋
香港追隨牠入雲
俄而電車劃出一縷青光
自雲端遷出
教我心下墜

雲端隱伏嚶鳴鳥語
訴說香港入雲
我想追隨它
雲霧堆積出香港的臉
好像也是我的臉
欲說但總又無言
字字化降為雨

香港的漫畫也靜默
市民熟睡呼出的話圈
似雲，似隱匿的心路
蜿蜒彎向未來
回憶附帶甜味
似那香港的想像
別說也別去想

何處盛載香港的言語？
流雲請別跑得太快
因有語言如雨
可教池塘滿溢
但何處描劃香港的輪廓？
雲影可否先別挪移？

別說，也別去想
因雲影永在
而想像蒸發
香港入雲
教我心下墜

（2019.11）

香港極力去遺忘

土地擺盪，不遠處有鼓響
撼動不同年代懸浮的心
輪船起動，列車通車
追隨那鼓聲帶動
滿載逝水的香港年華

萬家燈火間消逝了甚麼？
窗外墜落了熟悉名字
是否極力去遺忘
或甚至已經不在乎？
香港你甚麼時候變得透明？

土地擺盪，好像我也在擺盪
往返多年前同樣多風之夜
喻示年華往復穿越心際
可知仍有煙幕，重重穿不透

遠處人群擊鼓的歌聲
有沒有飄入千重燈火的萬戶？
香港的風急速清理舊痕
但消逝的是否已經太多？
火花熄滅，人群也熄滅
是否極力想重燃

或甚至已經不在乎？
香港你甚麼時候變得透明？

土地擺盪，我是否可以划槳
人流起伏，人流急轉
互相也看不清面容
香港你甚麼時候形成漩渦
又急遽變回瀝青平地？
如果可以我願再划槳
香港，我寧願你極力去遺忘

（2019.09）

香港若夢

香港的浮生蠢動
苦苦積聚虛擬的數字
當浮生如歌
香港若夢
硬幣也幻化
教市民不息地漲跌
市民在大廈間升降
尋求更虛幻的香港

浮生跌撞間苦苦脫出了循環
終見雲外幻音境界
可是汽車響號、列車到站、廣告播放
浮生蠢動竟迷迷糊糊地
自深情飄渺山峰
急返碌碌跌撞人世
一個井然而帶著荒誕的香港

數字激變間翻滾出浮生
纍纍文件如山、如大廈用力去積壓
埋葬疲憊虛脫的市民
街道熱鬧但竟無活人，只空餘
一件件甚麼公司甚麼機構用舊了的工具！
學校裡的更殘破得活見鬼！

追尋過甚麼？眷戀過甚麼？
雲幻裡天使散聚
乘坐流星一瞬劃過
天使也痛心別過了臉
不忍見香港的浮生跌墜
未幾霓虹閃爍熄滅
似大廈思念舊歡

列車依舊頹然無理想往返
載人們上班、衰老、退休
當浮生如歌，香港若夢
只有拆卸前的大廈變幻神情吞吐
教市民如煙霧

（2021.12）

香港千萬人家

一個家庭熄滅了
隨即有另一個家庭亮起
香港要看顧它的千萬人家

從鯉魚門迎接四季
沿維多利亞港送它離去
煙花下人們呼叫
香港卻無聲無息

公路緩滯的車渴欲急行
香港有沒有撫慰它？
下班的人急欲逃離車廂
不管家庭完整或碎裂
香港也許總未能看顧
不辨剛強或脆弱的千萬人家

大廈翻新，大廈老卻
大廈有沒有縐紋？
大廈滿溢，大廈遷空
崩塌前的香港會否憶舊？
再吸一口氣囑告子女

香港終有一天離開你們

你們自己則會成為香港
再莫問青澀或是抑鬱
要在幻滅中成為父母
仍盼雲霓飄引，哪怕悄悄略過
迷茫的維多利亞港

（2021.10）

香港倔強秘境

沿曲徑蜿蜒到海濱
雲光似浪有歌聲招引
生命如此臨現眼前
只那麼一瞥就回頭

依那記敘篇章訪尋
香港也有它詩化秘境
一步一句一大廈
以書頁構築水管、電梯
居民的步伐如霧
管理員一一記著
無可思憶的眼神，只一吹
筆劃飄散了如落枝

也許城市迷離如幻象
凝念一期一會的鴛侶
夜語織就腳步無窮
為那內在另有長影
香港你應該倔強

夢裡鼓響呼應蟬鳴
香港是不是你幽微腳步？
但願香港歸來

實際是去得更遠
去吧香港，去如浪
萬化皆謳歌引證你倔強
香港你應該倔強

（2022.10）

香港未睡

移平舊廈孜孜構築新廈
是否也不自覺地移平舊我？
島嶼會更敏感於風聲
還是更訝異於內在的噴發？

列車疾馳乍現再奔向於滅
人流離散不知自己曾凝結
香港無聲，香港自我懷疑
像一個火花噴發中的島嶼
香港在幻滅裡成形

遠山近廈聚合成一種呼喚
呼喊未能睡醒的人們去上班
車廂中再次相逢
不知各懷更遠更幽微的思念
追逐著甚麼？放下了甚麼？
香港甚麼時候只在乎數字？

香港急升，香港急跌
香港預測今年下調百分之十
香港的人民追隨外圍波動
香港吶喊，香港失聲
香港到底翻騰出一種生命

下班的人甚麼時候回到車廂
像回到另一類暫駐的家
夜幕低垂，人民未睡
香港有萬千迷離的夢
已消逝的寄生在影像裡
香港自拍或是被拍下？
香港被記載還是刪減了更多？

風吹大廈掀起萬千微塵
香港壓抑住洶湧言語
記憶驟褪仍純美
似夜幕低垂，人民未睡
香港有萬千迷離的夢：
一個火花噴發中的島嶼
在幻滅裡成形
島嶼吶喊，島嶼失聲
島嶼到底翻騰出，一種生命

（2019.10）

香港給我的信

舊刊脆裂有抒情的詩
校對過一套大系文辭
歲月留駐已逝描寫
愛寫實也愛浪漫
有人面也有雲影
好像香港給我的信

我想把香港找回來
但不知舊刊藏在哪裡
我知道香港有作家漫筆
有自嘲也有笑語
有眼波載我浮沉
文字織造的海港

恨繁華如同小說
參不透詭奇結局
斜巷間枯形閱世
但都市留不得一顆狂心
燈號人語交亂
香港收斂起自嘲
跌宕醉語原是空幻
香港頹步獨行
揮不去一步一追憶

我想把香港找回來
但不知信件藏在哪裡
舊刊翻遍仍有想像
可有幽夜叮嚀？
可有微曲影幻？
傳送我顧念香港的訊息

（2020.08）

卷三、我不知道香港往哪一個方向吹

——渡輪載我往返，一覺醒來那海岸都變了。浪濤依舊，人寰洶湧。

催淚的記憶

是歷史抑或記憶發光指引我們探求？現實與當下的路在真幻之間止步。轉一個彎回到城市的入口，強光下我們分不清是視覺抑或記憶勞損，看不清受傷的是碼頭或只是我們的指頭？書被催成了但墨未濃，淚被催下來了但不是真的淚，大廈大廈我可以寫詩給你嗎你搖搖頭，我只幻想漆黑海港替你答允，於是挖空內在成以下四句：

我們走過殞石與燈號交錯的路
仍遺留雨後散發催淚氣味的枯草
你拾起落葉閱讀它曾沾附了甘露
願它再生包裹你勞損的島與半島

（2018.08）

看不見的星宿

事物發光教我們看見它抑或只是它的反光？強光照見了大廈同樣也遮蔽了大廈。大廈大廈你萬千窗戶可有我思念的星宿？你眨一眼答道所有窗戶都是對我的思念。然而漆黑中看不清從你眼中跌墜的墮樓人，是否已淪為另一幢大廈反光中買賣升跌的指數？流星劃過……流星劃過了嗎看不見卻無損它的存在，就像那寫在漆黑窗戶中的四行詩句：

流星劃過又一種理念殞命
我們的生命是否用大廈築成？
飄泊世間眾生苦勞不息
我們的自主是否似飄萍不定？

（2018.08）

香港的掙扎

在錯綜虛實的鐵路上
路軌往復拉扯著香港
風來晚了，列車趕過了它
市民不知自己浮蕩在虛無
下班時候到了香港你可稍放下
纏繞肉軀的掙扎

不知誰主走向，幾時往返
不知何處是終站的下一站
也許程式被設定了奔前
但或許香港，奔前也就是掙扎

香港多孤僻但何妨說話
市民共你還可以結隊成群
獅子山上尋訪俯瞰維港的反映
浮浮雲霞飄聚又淡淡地散
候鳥嗚咽何去未知所止
似人們的掙扎，香港
可知它已漫山遍野響徹？

（2018.11）

香港的抒情

走了又停，香港你回望何物？
是否隱約有筆跡，撇捺劃心
又像雨線斜灑窗邊
輪船載著嗎有你香港的失物
怎可不回望它重重起動而去！

走了又停，香港你嘗試不停留
但是否開始蒼老，望不前？
香港看你的人民也奔波
十字路口自嘲身處一荒野
汽車狂顧，如獸求群
萬家明滅的燈火纏繞著你，香港

萬戶分隔又像互相想訴說
憑著一樣的勞累
活在一式的制度
掙扎不出甚麼但就那麼掙扎一下
以自嘲，以狂顧以明滅
擺不脫夢幻但有那一刻短暫的
剎那又是延續的通感傳遍了街巷
人民跌宕的情感纏繞著你，香港

是否因有知而愀痛？
因開始蒼老而空蕩莫名
既然走了何必又停
香港你回望何物？
汽車狂顧，如獸求群
駛過一段都市鬧哄哄的抒情

（2018.11）

香港的流動

香港流動萬千塵埃般市民
陽光下浮沉，緩緩升降
如果一次流轉認清一次世界
不怕在流動中跌宕
只怕那流轉不真確

香港遍灑它的觀念
聲光匯聚成海港
廣告般的言笑
囁嚅失語的報刊
和它的資金構成了都市
高樓閃爍哪怕數不清墮樓人
如流星劃過香港，讓破敝的
遑惑的，不知何去的都甦醒

甚麼是你最深的認同
甚麼是你核心脈動的交通？
香港說著但吐露不出
甚麼是你內在最陌生的異鄉？
即使香港就此埋藏

趁未盡散重又結聚
漩渦臨近如列車即將駛近

捲去剎那重啟的語言
捲去落葉歷練的四季
不怕那漩渦太跌宕
只怕那漩渦不真確

（2018.11）

香港的婦女

時光似海浪拍擊著臉
外貌不留痕但筆劃凌亂
晚霞映襯婦女的優雅衣裳
予她們力量下了班仍站穩
香港你可知城市如船

誰載你掛念的人返家
如果香港的筆跡凌亂
驟雨已歇，盈步飄逸
似香港編織花語
隱隱暗示斑爛創痛
葉落掙扎般凌亂

波浪浮沉也如風自在
你飛翔的足跡可輕步
漫舞不覺獅子山已越過
越過霧和夢，香港你掙扎
從定型身份的困鎖中越過
現實和大廈都藏不住
風波拍擊你留下的自如

（2018.11）

香港的輪廓

島嶼如船起伏，在此刻
香港飄搖著她的人民
時代激蕩搖撼我身軀
引我翻滾跌進香港眼波
隨香港的吐息隱現
輕嗅一縷思想散發的氣味
好像要把香港納入自己

街燈向長影傾斜
土地與根莖交纏
香港我心裡留駐
又如風箏引上碧空
因有湛藍起伏的外衣似海
你的飄裙如你自主自在
教我隨浪湧到你心漫游

雲霧靄靄遮蔽了朱樓
盼有素手輕撫頹唐城市
香港永藏在我心際
願有沙發供你歇睡
夢中吐露散文似的佳句
好像稀有的睡蓮綻現

島嶼如樓有暗燈滅明
盼待情懷如歌去呼應
一介疲憊悵然的香港
時代激蕩搖撼我身軀

引我翻滾跌進香港眼波
可知明媚雙眸比長影隱約？
我在腦際繪寫香港輪廓
不意間，化作幾許抒情幽微文字

（2019.11.15）

無歌的香港

每次颱風引領天使降臨
香港在動蕩中禱告
萬家點起時代欲撲滅的燈火
人面在變幻中那麼虛弱
又那麼強頑地想要等待

颱風教香港虛弱如同蠟燭
風未動，內心已先滅
香港的虛弱教天使也動容
孜孜降臨萬戶，像舞台
像剛剛啟動的一台電視

播送天國的新聞，但是看錯了
其實是神州熱話和國際新聞
首相，總統、總理和總書記
地球圍繞他們轉了一圈
右下角仍有一團移向香港的颱風

吹過來，倘有香港懷念的風
應像一把舊式電風扇
幽幽地響著它低沉的馬達
又像倚坐在渡海小輪底層
香港乘風，哼一首無字的歌

無字的歌，哪怕有片言代表了香港
送一首歌給心中的天使
可知天使已降臨，當香港在動蕩？
萬家萬戶，每個微小虛弱的人
可否唱一首歌，給無歌的香港

（2018.12）

一個人的香港

雲散，有沒有現出香港的心？
霧散，只暴露人民的心
燈號凌亂，燈爐寂寥
香港甚麼時候漸變無心？
已脫落的由汽車承載
直至街道成灰

香港就此煙消雲散
因為一個人的心不算是心
一個人的香港不算是香港

獅子下山，皇后失業
大道空餘無法投遞書信
筆劃間有腳步和蜿蜒的路
有硝煙、書頁和傷痕
有列車、蝙蝠和食物
潛入手機永為影像
盼待文字倜儻呼應
一介蕭索未墜天星
但香港請別如此看我

雲散，有沒有現出香港的心？
霧散，可留下勞動者的剩餘價值？

幸見香港影像有笑靨永恆
但一個人的永恆不算是永恆
一個人的香港不算是香港

（2022.03）

我不知道
香港往哪一個方向吹

> 我不知道風
> 是在那一個方向吹——
> 我是在夢中，
> 在夢的輕波裏依洄。[1]
> ——徐志摩〈我不知道風是在那一個方向吹〉

我不知道香港
是往哪一個方向奔流——
我是在夢中，
還是人寰的浪濤裡浮沉？

我不知道香港
是在哪一個方向傾吐
我是在夢中，
有時拋不去縹緲幻境
有時只是無法自控
香港的溫存，晚燈微暗

1　徐志摩〈我不知道風是在那一個方向吹〉，原載於 1928 年 3 月 10 日《新月》月刊第 1 卷第 1 期，後收錄於詩集《猛虎集》。

我不知道香港
是往哪一個方向逃——
我浮在海上，
渡輪載我往返
一覺醒來那海岸都變了
浪濤依舊，人寰洶湧

我不知道香港
是在哪一個方向明滅
我是在夢中，
香港在夢外
還是剛好相反？
世態如鏡幻
香港可曾留下
一睁可以感知的真實？

我不知道香港
是在哪一個方向跌墜
我是在途上，
還是在顛狂的車內？
有時自言自語，有時不動
在夢的城闕停步空俯瞰！

我不知道香港
是往哪一個方向飄——
我是在空中，
香港即使在地面
卻已去得更遠更遠

（2024.09）

復刻香港

詩序：時代困厄，文藝的聲音愈見崢嶸，時代之風料峭，吹亂了文藝的鬢髮，時代之風急而亂，吹我入雲端，霧氣忽濃忽淡，我彷彿看見，一座刻在大地上的香港。現在終於到了那時候，是需要有如此歷煉，方使爐火燒得通紅，要鼓鑄出創新可能的香港，如鑄字、如復刻。

聽我飄流的結他
音符可有甜點的味？
咖啡感應了風而冷卻
苦澀的甜猶在
浮字的杯仍重，滿載流淌的情

浮影如雲，雲無常
流光照出透明的心
如玻璃，窗外永有呼嘯的景
飛也似的逝，可別太無常
雲聚而無形，有情也無情

浮影如流，流何處？
仍有文字，堆積成雨
彷彿是我尋覓的刊物
我父我師，仍握我手嗎？

告別了，仍感謝雲彩留駐：

「樹影無根，仍願深吻土地
飄鳥無蹤，尚對風留情
但時代之風呼號而不息
碌碌世情有沒有搖撼你？
列車可有催促你？

別怕別怕再看車窗外
寫滿南方海邊心語
再沿幽微路徑
再有時雨遍灑、時雨滋潤
你足下每方寸心路」

浮影如詩，詩言志
我聽，歷史可有跫音？
我父我師，欲語卻說不出
我撥弄流雲，不放棄詩句
影聚任形散，有情也無情

（2022.12.30）

卷四、十四行詩二十二首

——盂蘭向晚，新鬼親善如故里：共話城市空餘得悽切舊名字

不良時代

人們忽視眼神即使被時代
刪削得彼此只剩半邊面
半種自主、半顆懸浮的心
半逝浮華浮光漸沉澱

城市消頹恍若枯形閱世
認得自己片片殘影飛絮
市民逐月弄影以換取
亂世浮軀也累了欲墜

我們各自眺望這浮城
浮世浮生相繼冒起煙塵
慆慆掩蓋了明淨，韶華再飄零

一代人各自噤聲暗低吟
說不出彼此都不能自主
禁不住雲層裡跌宕，再浮沉

（2024.01）

重見渡輪

船靠近，記憶隨著浪花飄
踏上甲板已像航行了很遠
忽然就置身海上，心起伏
撫摸欄杆似還有誰的話語

彼岸漸移前，航程似不遠
寒風中感受昔日的溫暖
希冀與你，一起再坐一轉
夢境中的香港似彼岸遙遠

浪湧流教夢退後，哪怕身軀
再次投入傾擺的渡輪望遠居
可知時代拋擲我急升，又急跌

浪濤拍打咳嗽中的香港，怎麼了？
情願熄滅霓虹也要特立於此岸
信念是重見，人面飄搖裡相望

（2023.02）

隱沒的水晶

雨中的巴士像一艘船飄近
如果你走近也會是同樣
車窗映照的臉與街巷重疊
默然地好像一顆隱沒的水晶

交通燈等候焦灼的路人，麻木地
探詢馳越的歲月、亂墜的指針
不知何以記錄這時代的紛紜
升降浮沉的如車如船的傷痕

如果迎近的不是巴士而是你提著燈
破卻煙塵的迷濛，重現澄空
才會不會是一場團結的夢的開端？

濃霧中聽得曲調浮沉，不是人影
是一整座歷史上起落明滅的都市
隱沒的你當如此重現卻已無從認

（2025.03.05）

藍色小馬夢

（一）

燈霧煙影合一的城裡
人們為何空自旋轉？
選擇輕盈的地面嗎
寧負沉重的回憶飛天

都市搔首向我問路
說它老了認不出
僅記取枕邊有飄雨
一期一會的來時路

樂聲沉睡追憶我夢
可知我總是睡不著
翻尋飄渺的故人面

悲傷的藍色小馬跑不動
反正不知追逐甚麼
都市你就如此停留我夢

(二)

燈霧煙影分割的城裡
人們快樂而麻木地旋轉
日子那麼簡單地流逝
浪漫與飛揚都不存在過嗎？

空罐翻滾，寫滿字的紙張飛
列車奔蕩棄不盡老去的良人
乘客暗喚一聲「再見了月台」
我是否也是個被遺棄的人？

呼風吹散、吹不散記憶
流浪的貓兒怎麼了？
街角還有沒有輕悄的足跡

有沒有藍色的小馬輕躍舞？
直待貓兒認清了生命浮幻
留付街角寂寂一霎長影停夢

(2024.11.15)

奇幻的城

沿蜿蜒小路緩步到半途
隱見漫山翩飛的影幢幢
可知小鳥孜孜尋找什麼？
明暗間潛藏落枝與昆蟲

還是文字記錄了情懷和意志？
我們前人的生命倦極變了形
我憑什麼引自己攀升
如果失去共同的感應？

茫茫此世如一座奇幻的城
前人描劃過又躑躅其間
於無何有處，山音共鳴

小鳥的生命也倦極脫落了影
我憑什麼接續牠去尋訪
落枝、昆蟲和文字織造的純境？

（2025.04.28）

藝文款款丹

頹城蕭索似我影疲憊被拉長
它欲脫離時我總勉力去捉緊
可知它長了翅膀從我內心飛揚
只盼頹城以新造的小名喚我

像重新經歷一次街巷的成長
去重建一座山音低迴的城
喚睡鳥從飄散的字形中甦醒
山音在書籍的印刷中復鳴

夏日無盡復刻一頁書的純境
一抹眼波收納雲彩飄搖
也收納不為什麼的一聲玩笑

時代有煙燻有網羅重重關
我影疲憊仍願化蝶破迷障
煉就一丸情深藝文款款丹

（2025.05.01）

時雨滋潤的島

列車紛歧如枝椏相間
奔赴城市跌宕心緒
碌碌世情嘲諷我們的有限
也讓我們終於洞悉它的破碎

沿幽微路徑訪尋歷史遺形
防空洞可以抵禦些甚麼？
可知它曾迴盪的抒情
它的破敝、陰沉和顛簸

終化作繫情語字，待雙燕歸來
相約雲霓、銜上朱樓去
再沿幽微路徑撿拾字句

孤僻、溫煦，一束束時代遺語
分付素手輕悄撒入泥土
守候時雨滋潤我們思念的島

(2015.12.19)

香港縹緲已盡往心際幻化

（一）

在那想像的季節
我曾與香港到海邊
浪花濺上月球
教它暫時不轉

在那想像的季節
雨水湧流心際
句子長了翅膀亂飛
囈語折翼低徊

時代濺起火花，書頁化蝶
剎那眼神可教一切還原
還是飛得更遠？

一盞燈泡熄滅了
另一盞跟著熄滅
才辨認出更內在言語

（二）

在那想像的季節
我曾與香港到海邊
來船隱隱可別太匆匆
載走沙上隱退筆跡

訴說山路向心間延宕
心路往雲間取徑
途上偶見詩心舊池
晃漾更隱匿的防空洞

不知仍可以抵禦甚麼？
時代顛簸，長影迷步
但願群山撫慰香港的奔波

但願長翅膀的句子再記載
雲霓圍我，時雨灑臉
香港縹緲已盡往心際幻化

（2024.12.19）

山雲我夢

列車載雲歸去，誰殘留心緒
喚眾多不耐煩的下班者儆醒？
影子殘留舊物我們腳踏不碎
只踏碎萬千喚不回的幻景

啼鳥常入我夢，山雲離我城遠去
驀見眾人形影不離共對的香港
殘缺人面如幻燈怕遇強光萎褪
不怕變幻只怕那「幻彩詠香江」

以幻彩泯滅香江的色彩，不自主
不覺察眾人勞苦憂患未了暗淚垂
紫荊花等待我們撫慰它好去入睡

白雲也詢問我們歸期但未有期
列車如再開行盼與我夢共馳騁
寄語燕雀遠飛前先啣去我們的影

附記：本詩題寄許翔威的現代音樂作品《六月詩》之「山雲」。該作品為長笛與結他二重奏，2013 年 6 月 6 日晚於香港大會堂劇院演出時，我與另一詩人洛楓參與詩歌朗讀。

（2013.05）

盂蘭舊話

熱風沉滯時而往復如櫓搖曳
電波像游魚隱隱跟隨至下一站
莫名聲波印證年華點滴流逝
車窗如手機可是它缺電而暗淡

小鳥唧帶落枝引列車駛入都市
話語如燈火起落復暗漸明亮
一切生機握不住它消長的軌跡
列車暫駐，靜候小鳥留書思量

滿地繁華錯認已建作新廢墟
孩童高唱的瓦礫聲聲掩藏了
前人孜孜留下的一步一思憶

城市空蕩我們憑甚麼去思念
盂蘭向晚，新鬼親善如故里
共話城市空餘得悽切舊名字

（2017.10）

九龍公園之中國花園

——擬南來詩人

在九龍的肚內苦尋中國
聽說那一角已變成灰燼
這一角剩下灰和泥，這一片湖
細看不過是滋生蚊蠅的積水

在昔日軍營高地幻想中國
繞過起伏的迴廊與亭台
洞窗框住了殖民建造的香港
教我用殘損的腳步回來

另一角剩下灰和泥，另一片工地
該是我曾居住的重建前的樓房
暗淡下去的公園是否深深埋藏

九龍或中國那已逝的蓬萊？
我把全部的力量運於腳掌
重重寄予香港更殘損的幻想

（2009.09）

附記：這詩是用南來詩人的語調和角度來寫，所謂南來詩人，是指歷年從中國大陸來港的詩人，而這首詩具體所擬的是戴望舒，著名的現代派詩人，1938 年從上海來港任《星島日報》「星座」版編輯，淪陷時被日軍拘捕囚於獄中，戰後仍留港工作一段時期，至 1950 年北上，他前後居港約十年，香港淪陷期間寫下新詩名篇〈我用殘損的手掌〉，從香港的位置想念戰亂中的大地。我這詩用戴望舒的語調和〈我用殘損的手掌〉中的一些用詞，改寫成盡量合律的十四行詩。

瓶中十四行

——致楊牧

不知那彼岸此岸
可有你懷念的陳世驤
一九三零年代京派北平
六零年代學運柏克萊
是否同處一個塵世？
但知喧嚷中幾番倜儻

都從你深靜的花蓮開始
不知那彼岸此岸
如何教你耿介蘊藉詩才
竟闖進幻彩詭譎香江
幸有一域清水灣迴盪近岸鳥語
回應你更深邃的山風海雨

或許紛亂中幾番憂世抒情
仍自你幽澹的花蓮超越

（2020.07）

時代的報告
——記 2016 年南亞地震

踏著碎步走過大地
走過一個時代的步履
不採摘、也不呼喚甚麼
花未謝，等於未超越

雨還未落，天還未閉
但聽得見雲端有聲
暗沉雷動如一份時代的報告
黑夜顫動，大地無語

只有瓦礫間微細呼息
是否還有戀人間細語
姊妹間玩笑、未寄的信

一切人間仍未掩埋的喊話
是否情感涓流替代路燈
長照落葉下深藏足跡

（2016.03）

丸月臨歧

從幻化的世界往返淹沒
月影臨流未盡銷城市夢魘
孜孜於拆卸再重建的生活
我們呼氣給樹下同命的葉

街區店舖看成了河道
燕子臨流照不見故居
誰還可以品嚐清水
如果河流也大幅加租

丸月臨歧默照人間紛擾
流光邀約城市共它消逝
我們問一聲可否拒絕？

嚐過月影也嚐過雲霞
味淡不似生活咀嚼的香江
十里霓虹解不破那泥造連環

（2014.01）

秘密香江

幽影纏繞惱思勾留
留不住它蜿蜒轉流
時光的濕氣染織枝葉
愈虛弱它愈要尋求

生長的途徑總是錯綜
足跡沒有消逝只是深藏
在花園也在觀念的中心
潛流升降不在乎遺忘

書頁等待季風吹散文字
前人思緒如種子飄浮
升騰起化入雲霓，閃過

一字一詞如鏡像顛倒
直待時流顯影出香江
愈匱乏它愈要填補

（2015.01）

舞者之葉

舞動水袖盡量擴展邊緣
世界停頓留給人們奔前
解不開的裂紋好像一頁
無人讀出的詩篇

風吹過但水袖不動
它要自己掙扎翻蕩
一片一片好像脫離出
樹幹根源的枯葉

歌聲裡深深藏著
無人說出的秘密
情感乘搭了旋律

攀升又降低，它的虛實
它的婉轉，因為滿溢
而最終傾瀉不留

(2011.05)

幻象銷盡

微風吹泛漣漪，雲影投照水面
遞送話語如信簡，可又收回了
陽光下可怕或至少孤僻的詩歌
幽幽地連繫了萬物，只恐剝離

撕裂聲音間感應出微風
吹動草木的香氣和溫度
萬物消亡間求生的呼息
不放棄那一點語言和渴慕

雨還未落，天還未開
但聽得見天上聲音
暗沉雷動如一份時代的報告

不採摘、也不呼喚甚麼
事物的本然總帶一點殘酷
幻象銷盡，化入一片靜水韶光

（2013.01）

香江晚影

電波湧流，交換語言和更隱密的
觸感迸發仿若雲霓翻開了書頁
時代跌宕教我們從糾纏的現實回首
散落文字你我竭力重構，也許還有
更廣闊人群締結的紐帶超越了分隔
也許更孤單如岩石，我們仰視的群山

仍隱隱招引，從絕望裡形成了路
從群山分割出我們每天守望的島
教我不禁向雲彩呼求，替代微風
吹拂撫慰你孜孜捕捉被街燈拉長的影
我認得那等待躍動如拍翼的裙擺
與地面緊結再飄逸如港島閃動星眸

自主地或顯或隱，相信它就是電流
是電波，起伏連繫如雲彩裡的尋求

（2017.11.15）

雲影莫名

雲影似記憶中的人面
風一吹那輪廓就變了
時光不息地侵蝕臉容
還是引臉容更接近於完美？

風翻如刃，我影如船
山形願否留駐雲影？
時光侵蝕臉容卻又何礙
臉容蛻變，更漸近於完美

幻風懷問，垂柳應答
池水有沒有倒映壓縮的樓房？
沙堡巍峨，林園已幽閉

鹽味海風似回憶溫潤
鳥際唱應終教人認清
流逝如此壯美而莫名

（2022.10）

讀者的目錄

葉片掉落如書頁飛翻
我們的作者步過裂縫
步過枯草織就的人間
灰燼與硝煙化作霓虹
你把它熄滅又輕翻書頁
換取另一房間的光容

一切流逝都由閱讀而復現
我們的讀者不就是我們
窗格下疾書浮出的話圈
悠悠飄過都市，未破滅前又聽見
橫巷間的暗語是犬吠還是哭聲？
列車劃過，刪去車站前流浪藝人的歌聲

只有讀者為都市編就的書頁與尺牘
一所抽象的圖書館與一串話圈，編了目錄

（2009.08）

灰色軌跡

（一）

浮游語音斷續地播送著
滿載雜訊的生活，像煙霞
只能辨認出顯露的部份
未知的事物在水面以下

冒出累累泡沫，茫茫大氣中
我們難以調準的文字
像重覆渡過的生命，現在
時間不斷湧現的此刻，似泡沫

破裂後散入無限大的空氣
僅存的光也燦然照在窗邊
但可讓我們信賴的語字

全都寫在陰影裡，人面掩映
我們的話像一首唱到最後的歌
終曲前寥寥可數的詞句

（二）

急唱又漸緩、零落而孤單
燈號變換下跟著人群過馬路
天色急轉下又冒雨走過
甚麼動人的詩，甚麼警世言詞

早遁入重覆奔馳又故障的列車
不知熄滅。但有雨聲模仿它
灰色的軌跡在今日、這裡和他方
分割出破滅、永作最後的此刻

起初總是有熱鬧的聲音
然後逐漸沉寂，喧嚷中翻盪不息
又戛然靜止，將滅又作聲

有故事也有歌曲，比從前更響
或更弱，像一面鏡子，那機器
輕輕扭開，不知熄滅

（2009.09）

積木校園

「在一天孩子們會告訴他們後代
你們要守規矩……」
——羅大佑〈未來的主人翁〉

傾斜中挪動的陽光劃分
一所一所長方的教室
晨早桌椅明暗分明的輪廓
像一齣簡約無聲的電影

徐徐播放，裡面間中現出我們
虛應的發問又禁不住暗中嘲笑
教科書煞有介事的言語
無法不另行建造我們的微小校舍

遠遠就看見七彩閃亮廊柱
開始沉迷上學才發現它原是積木
那麼隨手一揮就嘩啦嘩啦碎散

在另一所輕易分割又合併的校舍
改換校服的我們以另一教科書遮掩
止不住失控地快要咳嗽的嘲笑

(2009.09)

卷五、加鹽的咖啡

——加鹽的咖啡於你，或就是雲彩的味道

加鹽的咖啡

——紀念也斯先生

懷著中環老店自製的咖啡粉
你教巴士洋溢香味如雲彩
一刻的渴望和想像
總如燙熱咖啡
空氣中迅速冷卻
你用指頭在窗邊寫字
我讀到並仔細辨認

咖啡加鹽可以「墜火」
老婦的建議教你訝異
我們的舊郵局、舊車站
日常老街變奏奇幻世紀
即使歷史未記錄啼哭
也未能略去襤褸與破落
另有深刻語言仿似
一代人追隨探究的足跡

就在我所坐這巴士的前方
還是已落在後面？
已變遷的永追不回
但願我們有新想像

也許感覺怪異遠離既定口味
像一杯加鹽的咖啡

你已嚐過或許你也沒有？
我從不確知你的有和沒有
但知你嚐出的滋味與我的必不一樣
我忘了求問，加鹽的咖啡於你
或就是雲彩的味道
或就是雲彩的味道

（2017.01）

咖啡曲

（一）

烏黑中一點光透亮
一縷徜徉在虛幻裡成形
跌跌碰碰間飛抵咖啡杯的小蟲
勉力在微溫的甘澀中浮游
在咖啡汁液的虛實裡打轉

咖啡有沒有比酒迷離？
飛一趟你似小蟲的人生
微溫的甘澀是否一種教育？
浮游、打轉中醒悟了
生命行將消逝前
仍留下一點光的招引
一縷徜徉裊裊的咖啡煙

（二）

生活枯淡而焦渴
咖啡甘澀是否一種軌跡
直往迷離中打個轉
是否加糖和淡奶已不重要
只要漩渦翻轉中留痕

一道咖啡的路徑我想說
像透了甘澀的人生

喝一口欲說但總無言
凝望漩渦湧流出文字
是否一句咖啡的語言
可以寫在杯上
隨焦灼的翻滾跌宕

（三）

咖啡豆誰知你內心
如何煎熬蒸餾出生命汁液
咖啡因還是那抽象的原因
何必問咖啡因有沒有果
咖啡因有沒有緣
咖啡因何徜徉也不會回答
因何甘澀更迷離擺脫了生活
直等到咖啡豆榨乾如乘坐列車
開赴一刻昇華了的人生

咖啡你好嗎你搖搖頭
咖啡以一縷淡甘答話
看不出烏黑的汁液中
凝結了多少咖啡因

（四）

如果咖啡可以凝固
是否一切流逝的都匯集
到咖啡館，何妨再一談
喝一口流逝的幽魂
但不要問牠未明的去向

朋友喝一口咖啡再休談聚散
只延續未盡的一段啡話
一切變幻交付給下一班列車
咖啡館凝固了情感
一刻希望交付給下一刻別離

（五）

寫在咖啡杯上的字句
像雨水流淌窗邊的問候
咖啡替代語言
留下一點雲彩似的味道

飄浮在咖啡上的泡沫
像極了我笨拙的語言
咖啡自一圈漩渦中透露
比我說得優雅的往事
咖啡句子宛若音符掛你窗邊
聽一曲夜都市的節奏

（六）

咖啡的香氣催化回溯
回想這杯咖啡的源頭
可以源自腳下這土地
香港也曾出產香煙
只留下一段街道的名字

咖啡館儲存都市的心
都市的代價刻印了咖啡價格
誰願訪求香港種植的咖啡豆？
即使已嚐遍
香港蒸餾出的人生
香港榨乾了的生命

（七）

香港有沒有種植咖啡
猶如不斷問香港有沒有文學
香港有沒有文化？
香港有沒有感受？
香港的驕人成就發展到
連自我有沒有都成疑
卻又已不太在乎
香港不如別再喝咖啡

喝一口咖啡尋求解脫
但連咖啡館都已結業

深鎖的閘門下全是廣告
宣傳著走出香港的好

（八）

跌跌碰碰，起落，浮沉
飛抵咖啡杯的小蟲
終於得嚐一口甘澀的咖啡
斷氣前再拍動一下翅膀
飛不出毒液似的咖啡

跌跌碰碰，發話，無聲
尋求又失落，相信而幻滅
記憶的畫面蒸餾淨盡
只有漩渦止不住
飛抵咖啡杯的小蟲
別怕別怕再拍動一下翅膀
斷氣前何妨嚐一口
你小蟲夢寐中的咖啡

（2018.12）

玻璃曲

（一）

碎石、雷暴、碎玻璃
可知電車已悄然開出？
輪船載記憶繞了一圈
靈魂呼喚雲霧回來，駛回來
回到歷史迷離的維多利亞港

彎月、流星、碎玻璃
可知電車已發動能量？
炫目車燈形成另一路軌
載人們駛過苦苦逃避的雷雨
灰屑，可知車內也會有閃電？
只要並坐的戀人們願意

（二）

思想，書頁，碎玻璃
消逝人面略過窗外，是風景
還是流逝繪就了自畫像？
它總以退後的方式迎接
眼神眨動釋出的記憶

電車總有新的發現在每一站
——即使它們多麼類同！
只有乘客找出當中微細的分別
是生活還是戲劇？逃不出廣告
駁不回情感斷裂的路線
在乘客慎重保護的錢包裡
藏著各人最珍重的再見

（三）

笑靨、人面、碎玻璃
為甚麼凝定為照片？
是因為人們關閉了溝通
人們把照片藏在身上
是希望關閉的生命重新活動

照片、錢包、碎玻璃
無聽眾街頭歌手、無定向的士司機
註定徒勞的污染都市清潔工
像電池被機器榨取能量的教師
共同等候一輛盛載希望的電車
載人們悄悄駛過無望的都市

（四）

電池，學校，碎玻璃
可知學生俱已入睡？
只有火鳥蠢蠢欲動，在現實中

何處是牠孜孜追尋的閃電？
苦苦逃出了漫畫格外

發現自己已身處課本頁上
學生一覺醒來就成了教師！
多恐怖但連噩夢也短暫
就這樣睡醒回到纍纍修改前
那病句連篇狗屁不通的世界！

（五）

噩夢！課本！碎玻璃
可知理想俱已入睡？
無夢的香港翻看舊照
像霓虹臨照海面的幽幽倒影
街道空蕩只有歷史和它的廣告
仍向無人處宣傳著香港的好

歷史、電車、碎玻璃
少年在顛簸和睏倦中才得以醒悟
牢牢記著了到處是晃蕩的空言
請別太匆匆飛去電線桿上停駐的
小鳥，可知車內也會有閃電？
只要並坐的戀人們願意

（2012.11）

蟲類的鬥爭

呆坐下去、唱下去，即使無聲
只有這邊燈亮，另一邊由它燈暗
網頁翻不動它總渴望皺摺如書頁
夜蟲飛向發光的所在，活該跌墜
牠明白了生活！天要亮了麼不要

只一句再寫一句但為甚麼
下一語言浮現如記憶的底片，燈亮
就由它忘記。孜孜創建形象活生生的
奔向下一班即將起飛的，蚊蠅
就此明白了生活！天要亮了麼不要

夜色虛幻，虛幻也有它的語言
誰願意翻譯不需要燈光的昏暗，網頁
它亮著一切可見的形象，活生生的
飛蛾、壁虎，入夜才洞悉了世界
因為夜色翻譯了一切熟睡的人民

誰去翻譯人民違反生活的夢境？
夢境飄渺，飄渺也有它的語言
誰往下逃離，逃離學校和家庭？
辦公大樓延伸出逃生滑梯也逃不出
廣告！失事客機墜落成霓虹的雛型

明天還是要來了麼誰給我阻擋
夜蟲總有牠最後的鬥爭，牠不能冷靜
誰去報道蟲類的革命？誰要抨擊或刪除
不過是蟲類的愛情！留待後世編作連續劇
劇情更變激蕩卻不免有點，無謂而冗長……

是否仍可以抗爭為著夜蟲的歌唱
明天仍未前來它仍在窗外窺伺
天要亮了麼不要但就這樣亮了蚊蠅
故事這樣結束我的思慮我那不解的
詩句，倚伴夜色給天亮掃蕩得無影無形

（2010.02）

雲彩的味道

佩帶時光織造的羽翼
只加速臉上的侵蝕
折翼的飛行轉瞬又給擲回地面
嚐不出雲彩淡淡的味道

鉛筆粗糙的筆跡劃過臉上
那無痛的撇捺是甚麼時候添上的？
點和鉤卻留下太多感覺，抹不去
宛似鉛字粒摸得出的凹凸
一張父親的臉排成書頁
前代人慢慢寫過又翻過
只有閱讀的滋味成了留白
它拒絕咀嚼，沒有說話

文字粉碎鋪成了路
不盡語言積累便成為我
赤足踏過的年代，奇幻而感傷
人面記憶在指間流過，像沙又像水
混和煙波，為甚麼鳴叫？

為甚麼嗚咽？對理念的尋求
是否只像昆蟲本能地或是愚蠢地
聚集在發光的所在？

看，那是光，還是火？
他是流螢，我是燈蛾
枉向飛行的生命問詢
雲彩的滋味如何？

逆向時代，不尋求自我
我把自己的影拋到鏡裡
但流沙般的幻覺
難道只一瞬又再現？
不盡的語言積累又成為了我
苦苦追尋的文字化成人面
在我仰望的山峰咀嚼天空
雲彩的滋味如何？
雲彩的滋味如何？

（2009.06）

劇痛春啼

槍響淹滅斷續春啼
盡量憶記、憶記又總錯認
哪怕生命已幾番臨遇坦克在面前
難掩怯懼也唯有搔頭再上迎

嘯聲不在這時代應和
這時代先進更先進地和諧
啼鳥不知怎地分飛更分化
不協和地互唱成就這時代願見的和諧

槍響淹滅斷續人語
盡量遺忘、遺忘又總重見
生命中每一趟掙扎也許都不像
那一刻坦克臨近的愕然

為甚麼禁聲？為甚麼嗚咽？
時代喧囂卻噤若寒蟬
電視致力降低我們的心智
網頁刪去文字如更多急遽的拆遷

嘯聲何妨響遍直至我們相見
朋友，鳥語是否只是我們重播的驪歌？
廿多年遠去再有更多疾首相近在目前

不怕燭火虛弱只怕我們的視野太淺

附記：本詩題寄許翔威的現代音樂作品《六月詩》之「劇痛」。該作品為長笛與結他二重奏，2013 年 6 月 6 日晚於香港大會堂劇院演出時，我與另一詩人洛楓參與詩歌朗讀。

（2013.05）

看不見的六四

再說一次那簡單的數字，六四
把它加起來是十而不是刪除了的零
把它相乘是廿四，它遍存於空氣
我們電話的數字，誰還要苦苦憶記？

還有沒有誰，還要去除當中的六四？
這是個怎樣世紀？坦克沒有碾碎記憶
是人們自己禁絕了數字，只記著了交易
市場處處的禁忌。能否再說一次

再說一次六四？六四，再不用代號
是六四，就是六四，一九八九的六四
還有學生、人民和他們共同連繫的世紀
從北方蔓延至世界，一種超越的理念

我聽到的是槍響，或只是我自己的心跳？
酒瓶打翻禁斷了影像，溢出鮮血和晃動的笑容
跳動的原是個數字：六四
被刪去前仍幽幽回望，像熟魚的眼睛

生命中每一處失落的所在
都有汽笛和鐘響，我們都聽見，朋友
又到了離別的時候，從每一年的六四

時代茫茫然又移到了現在

為甚麼禁聲？為甚麼嗚咽？
人群喧囂卻噤若寒蟬
電視致力降低我們的心智
雜誌，雜誌教我們認清了何謂文字

如果詩歌也成了禁忌
那就用嘔吐二字替換
說甚麼教育？不如說是對教師的懲罰
他們歡聲高唱，我喃喃沉吟著救命

六四拒絕傷感，因為連傷感都己刪去了
久違了的朋友仍逗留在過去
可否相約再一起去遊行？故友充當嚮導
帶我們參加變幻時代的旅行

這是個怎樣的世紀？細節用不著再說
事實是誰都知道，說不出的都可以看見
看不出的卻只能繼續被遮蔽
市場如此美麗，它美麗地禁絕了六四

再說一次那簡單的數字，六四
把它加起來，把它好好藏起
燭火不虛弱，是我們的線野太淺
看不見，生命消逝或被刪除之前

朋友轉身一揮手就回到了六四

再說一次再見，還是連再見也要被刪去？
由它刪去，我還是要徒勞地重複補上
風吹書頁，一切不一會就這樣再刪去

（2009.05）

貓碰翻了酒瓶

事物是否本無固定的構造？
貓兒懶得回答你
酒瓶內藏著甚麼牠必須知道
只有我們不假思慮就喝下

時間不需要停步貓兒感覺它無限
我們卻留不住可以留下的時間
酒精教我們超越了那麼短暫的無限
你知道那只是酒精竊笑著在作怪

貓兒認得時光留下的氣味
只有我們分不出生命的區隔
其實我們都把氣味留在衣服
生命倏忽如漸次無窮的洗刷

聽見貓兒無聲的腳步，當牠踏過紙張
牠只吞噬牠認為美味的事物
只有我們總把難吃的世界吞嚥
貓忿懣像是不值也許只是嘲笑

貓碰翻了酒瓶，是嗎貓碰翻了酒瓶！
貓深藏的意念如酒精在頃刻揮發
時光迸溢如液體灑落的聲音那麼動聽
我們知道貓已接受了牠那懶懶的生命

（2012.01）

凌亂屋

凌亂屋，別吹奏窗簾
莫收藏月光
記取屋外，路漫漫
向何處求索向何處往？

凌亂屋，又寂靜又荒涼
灰塵經久，積成雲堆
使地面看來似天空
我心看來，像雲影

凌亂屋，有貓的輕喚
輕躍到半空去捕捉
離群的昆蟲，也落索也蕭散
貓爪有沒有安撫牠？

杯碟散落，有茶漬有裂縫
咖啡未喝盡已乾涸發霉
書本跌墜，但無意撿拾
書在地面，還是跌墜心底？

凌亂屋，樂音空蕩
有迴響、有致意
來自記憶在眼裡

放映幻燈，連接夢境

堆積起來待風一吹
還原為紛紛灰塵
地面看來仍散落夢幻
我心看來，似凌亂時代

凌亂屋，莫吹奏窗簾
別收藏月光
離去時最後一次熄燈
始初現地面一抹，永駐長影

（2019.12）

藍色的結他手

一聲鐘響教樂器都醒來
民歌爵士激奮時搖滾
滾下斜坡時卻何以失聲？
脫髮繫成了絃線
樂音灰白仍要歌唱
守候時雨
灑下雲彩的覺悟

世界暗淡下去
也可視作幻燈舞台
藍色的結他手
為甚麼奏出了灰燼？
藍色的結他手
誰叮囑你要堅強

刻劃城市的輪廓
那知它變幻節奏
唱著仍如有所失
藍色的結他手
不知遺落了甚麼
藍色的結他手
奏不出人面輪廓

紘音空寂裡升降
無聲也只為尋求
留下幻音在人間
留下一絲煙縷
似滾石間的覺悟
似我父兄的歌聲

（2019.10）

父親變了宇宙人

父親變了宇宙人
等待節日重臨地球
如果等待也落了空
是否消逝的一切
都到了宇宙？

窗外有星也有眼波
其實只是一盞路燈
一輛路過的車
我認得有熟悉字跡
父親的手稿遺留
從未表達的思緒

我也有消逝的影
彈到終曲的音符
我想觸摸它
一觸就變成抽象
沒事，沒事
只是那消逝
比我更早抵達宇宙

我想探望父親
再談論一次成長

相約音符去喝酒
我可否，去一會就回來
沒事，沒事
只是父親變了宇宙人

（2019.10）

卷六、發了一場香港夢

——整個香港打了一個盹，為了一場，一場香港夢

香港韶光

(一)

> 「從橋上向東望，可以看見浦東的洋棧像巨大的怪獸，蹲在暝色中，閃著千百隻小眼睛似的燈火。向西望，叫人猛一驚的，是高高地裝在一所洋房頂上而且異常龐大的霓虹電管廣告，射出火一樣的赤光和青燐似的綠焰：Light，Heat，Power ！」
> ——茅盾（1896-1981）《子夜》

路燈初燃，我們不曉得它熄滅的時候
車燈復往照見旅者的倦意，且漸次融入
萬家泛黃或慘白參差的燈火
我們憑甚麼感官感應香港
香港也以同樣的燈光感應我們
我們無法感應的也許說不出的多

華燈亮起，因為感覺到人們熄滅
關閉語言，倦看海鏡浮沉的香港
歷史泛黃如瀕臨拆遷的家
轉眼改建像甚麼原是那幻彩詠香江！
我們瞠目結舌，又不受控地自發參加
為向旅客綻放只一瓣成分有毒的煙花

璀璨加璀璨，市民如夜蟲集結燈下
飛向堅固而灼熱的烏托邦
數字上升再偏軟，失落的目光仍舊流向
強迫性發動的幻彩詠香江
最後一班渡輪如霓虹下的魔術
變出鴿子、土地與兔女郎
只有水手看穿萬千重疊的樓宇
倚望底層暗燈殘照的海港

（二）

「好夢狂隨飛絮，閑愁濃勝香醪。不成雨暮與雲朝。
又是韶光過了。」
——柳永（約 987-1083）《西江月》

聽說海岸擴張到某程度就自行停步
它把擴張的任務留給了商場
我們用萎縮的海港填塞那購買海景的溝壑
用幻彩遮蔽那原本彩色的香江

情感如落花思念數不清的墮樓人
日暮，它把晚霞的責任留給家家戶戶
以亮燈代表一點僅餘的抵抗
誰人火葬，更換以信念擦亮的燈泡？

仍恐鈔票長翼如底片走了光
甚麼都別說，像一首 K 歌
我們的歷史總由別人代唱
唱不出的留給一台發光機器：
螢幕晃蕩如韶華飛絮的香港

璀璨加璀璨，數不清的離愁集結燈下
何處是列車奔赴終站的下一站？
市民列隊如公路停滯的車燈
巴士，沒有乘客的時候仍播放廣告
像每一個無法自主的乘客
以血汗、以無法不忍受的廣告
高唱給大廈無法休止的 K 歌
留下幻彩在台下偷偷暗換
打著呵欠悶了太累了的香江

（2011.09）

發了一場香港夢

在獅子山上俯瞰九龍
鱗次櫛比的真實如夢
疾馳汽車奔赴焦躁時光
留下司機在路邊更換輪胎
雲端有夢，但忘不掉更逼狹土地
煉就城市堅固而確切的有限
而不是田園和詩
我們偶然如木偶化成活人
輕盈而抽離的木質眼波
溫婉地凝視每一戶的香港夢

在太平山上俯瞰港島
夢境在足下或如霧更迷濛
維港海面交錯船隻暫見的印跡
十字路邊人群看到也無視於彼此
在每條街巷望向各自區域
在同一時分誰也只身處一方
地點原來叫做香港，那又何妨？

他在人群中顛簸浪蕩
他奔波於居所與商場
偶然為夢境發狂
更珍重苦苦成立的正常

呼喚自己和群體的聲音
至少有部份可以更闊更易相信
從化寶塔輕輕飛出了
上一代孜孜捕捉的黑蝶

他從九龍拍攝樓景上空天際
那升降浮沉的獅子山
他也許想留住急景變幻之前
一幅輪廓如霧的太平山
比模造的社區更像模型
夜夜烹煮工資，戶戶化無為有
洗滌正言若反的土地哲學

看透幻風吹散煙花
我們何必學步昂揚的演辭
亦何必說破它早已是濫調？
殘局散落的棋子是你和我
還是你我主宰更詭譎的棋局？
留待覺醒後再看破
就這樣發了一場香港夢

整個香港打了一個盹
為了一場，一場香港夢

（2015.10）

顛簸時代

（一）

倦風勉力載落葉顛簸
飄浮不自主翻飛，像我們
被載著被載著，不管是車或是船
滿座思緒混沌分割不出時代
說不出混和了霓虹的慾望
向上升又降下，倒影在海面

汽車在公路追逐甚麼？
衝不破沉滯，只有電台廣播的愛
教人們回憶已成想像的認同
如果城市是一片森林
它會不會搖動
為了我們一人的飄零

一步一思念，走在前面的朋友
失落在背後，不知甚麼時候逝去
但知煙花早已過時
不知張望甚麼、讚歎甚麼
仍懷念逝者的形象刻印在照片
說不出言語，大家都一樣

（二）

倦風勉力載落葉顛簸
飄浮不自主翻飛，像我們
不知飄落何地
不知何處是生根的土地
上一代種下樓房
而我們從每一個窗戶如煙散逸

撥開灰屑，被煙花燒焦的圖片
找到自己還是更多分岔歧路？
逝者哭窮途，但誰能感應？
如果城市是一顆核心
它會不會感到指尖有淚
來自我們一人的噤聲

撥開灰屑，被汗水沾濕的鈔票
把愁煩的人們粘在一起
化作起跌升沉、唯一共感的數字
如果城市是一個星球
它會不會持守虛弱的永恆
為了我們一人的尋求

（2015.07）

中老年大廈

（一）

中老年大廈你何必傾斜
油漆剝落，記憶的聲音空寂
曾有一種新建的美麗
曾有嬰兒似的笑
為這都市給吹一口氣
吹一口氣給下一代
中老年大廈，你何必傾斜

中老年大廈你何必淤積
去水沉滯，食水發黃
曾有一種清澈的歌聲
輪船載運書籍
從都市的一頁到另一頁
好像播植一種文化
中老年大廈，你何必淤積

中老年大廈你尋求縹緲
堆積雜物間掙扎翻尋
翻尋縹緲但知已找不出
梯間拾步，不知脫落何物
燃燒香燭，招喚失喪離魂

自遠方，定有縹緲峰莫愁湖
中老年大廈，你何妨縹緲

（二）

中老年大廈混沌裡跌宕
價格竄動如尺方空間的蟑螂
中老年大廈的下一代來探視
一個一個被統一了髮型
平齊頭蓋似顆顆韓國明星
中老年大廈啊且莫太恥笑
你何嘗不曾裝扮得
似近藤真彥或旺角鄭君綿

天國近了，還有十數年
不，市建局的告示剛已張貼
宣告末世另一教派的福音
倒數中老年壓縮的記憶
刻印在每寸鏽蝕的鋼筋
還有數年，哪怕幾個月
瓦礫、碎玻璃或者骨灰
遷到另一方寸而不朽空間

中老年大廈你何妨跌宕
扭動發條，壓縮居所就擴闊了嗎？
何妨它狹小或生活疲憊
唯願盼得歸人步履但盼得了嗎？

老時鐘滴答計算出傷痛
中老年大廈，你何妨停頓

中老年大廈你何妨掙扎
也許愈掙扎，愈與縹緲相連
發條盡了，你滴答的回音未盡
時針停駐，是父兄永恆雙臂
接通一座縹緲的電台
中老年大廈，你何妨縹緲

（三）

海綠色石砌扶手階梯盡處
是你幽獨雕鏤木門
水泥花階磚地面懷想足跡
延及你幻想圖樣的生活
了悟磚砌人面終散作瓦礫
仍摘取都市的一頁幾何
中老年大廈你追逐縹緲
卻知縹緲原在你咫尺室內
似雲幻音階方寸間漫舞
中老年大廈，你未盡頹唐

海棠壓花玻璃半蔽了人面
鬢鬢織夢，似鶯啼遍
一陣風翻掀動長廊掛晾衣物
如琵琶低奏的一刻你無法不動容

斜照牆影在臨流間認清了流逝
聽鄰家色士風手低冷的爵士
心自消凝，卿意追懷雲幻音階
憑窗何妨有亂風穿越心際
中老年大廈，你未銷風雅

中老年大廈你渴欲奔跑
可知我多渴望如你生根？
當天你徹悟認清了流逝
別去，別去就沒有回頭
但只回看一眼又何妨？
每片瓦礫、幾許人面與碎玻璃
別去前何妨再稍回望
中老年大廈哪怕一瞥回看
因知流逝的所在
你先去，我隨後也會來

（2019.05）

大廈輓歌

窗戶鑲嵌在大廈
它想飛去但飛不動
不知被甚麼纏繞，纏繞
人們在被壓縮的居所內
以歌唱想像飛翔

燈泡也鑲嵌在大廈
亮麗卻閃不動
它想熄滅但滅不了
大廈居民的生活、工作也同樣
想念著街上抗爭的人們

窗戶飛吧！但它飛不動
它無法擺脫大廈
一切未睡的、無夢的人們
想念著升降機
飛去，但總飛不動

大廈的價格飛揚
工作的人們想著
面對世界的瘋狂但自己瘋狂不起
無法不變得正常
——大廈的人們總想像瘋狂

大廈的人們最懂得傷感但何必透露
升降機刻印著他們的傷痕
大廈的價格飛揚
大廈的人們也知道它換算著
人們昔日未能估量的創傷

人們知道，真正上升的到底是甚麼
按揭、利息、售價或者工資原來都竭力
把自己分別出；但人們心知那意思不都是一樣！
如同政客總以為人們都不懂政治
——所以他們也毋須太有技巧地去欺騙

香港就這樣變得很容易
意思是變得太隨便或是已放棄？
只太容易發笑或變得憤怒
想不透為甚麼無法平伏
纏繞的一切，只有人們居住的大廈知道

大廈想發笑但它總是緘默
它不會告訴你價格何時再上升
大廈大廈它以為人們都很喜歡它
居民想苦笑，想苦笑就立刻苦笑吧！
只有這一事可以自主遂意

最後知道看錯了不是窗戶鑲嵌在大廈
而是人們被鑲嵌在大廈
發著光，耗用自己以血汗沉澱出的工資

人們想飛去但就是飛不動
只有在欣賞煙花時化作一束燈光

感到片刻的浪漫但很快發現自己
被鑲嵌在另一幢大廈參與那「幻彩詠香江」
像成為廣告，人們感到噁心但不能表露
隨著一晃一晃的燈光，人們笑著，笑著
人們竟無法不順從地參與，就像進入了潮流

最重大的失去自主不是被奴役
而是喪失對不自主的認知，或至少掙扎
就像大廈的下一代都不再稱自己為大廈
當上一代被拆卸、被發展、被保育
大廈不知自己拆卸後會否上天堂

會的，就像有信仰的行善人
也許大廈會留下它不滅的靈魂？
像它所哺育的居民
逃不出一再遷徙的命運
離去前不禁回頭、躑躅，再回望：

分解前的大廈變換神態
剎那間凝固了居民的靈魂
大廈飛吧！但它飛不動
它把飛翔的責任留給了我們
居民殷切呼喚它入夢：

大廈再見，就這樣再見
大廈再見，就這樣再見

（2011.10）

水滴史

巴士顛簸中發出鏗鏘之聲
硬幣在我們注滿的錢箱中苦笑
告別人群的辛勞卻不知下一個去處
雨水教萬物命運回歸朦朧的本質
我們在水撥的縫隙中凝望未來

地鐵的擴張替代我們
過早放慢下來的生長
處處掘路修建地鐵的記憶還在
城市挖空地底教一代人向高處奔往
但我們早已忘記用甚麼去填補
新時代嚮往天空的溝壑

記著父輩帶我們來到此間
祖母縫紉的故衣裡殘留
戰前或戰後的莫名遺恨
我們逐漸明白甚麼是飄零
當凝望車窗虛弱的水滴
我們就變成了水滴

渡輪輕吻海岸，或許它也渴望
感覺行駛陸地的堅穩
一如我們感覺不到土地

只知城市的底層包裹著
亂哄哄的通話、電流和生存的慾望

引擎在看不見的暗角發動
世界是怎樣運作的？
詢問一切資金、經費和投資
是否像車外慢擺的水撥？
往復地、總那麼有氣無力地
把我們連同問號都撥出

路軌築成了生活
誰在乎紙幣裡有沒有人民
只印滿高樓、獅子和牠的食物
一瓣紙張摺成的紫荊
不怕它凋謝只怕它合約期滿
洋紫荊若給鑄成人面
終教我們惶惑它如何兌換感情

巴士載下班者的空茫目光
偶望倦極欲歇息都市
萬家亮燈送別剛出發客機
雙翼載不動鐘樓只徒然照見
千萬愚公亢奮地移平了
我們歌唱萬遍的獅子山

大廈有夢總怕數字驟變
誰忍見上一代種下的樓房
像一夜颱風吹翻了樹根

待明朝工人收拾凌亂街頭
會否撿拾出我們被刪去的
遍地無語的太平山？

（2018.01）

香港有落

醉客藏匿在乘客列隊等候的尾段
放棄酒精，把希望寄託給夜車
寄託給擁抱著的男女、手抱嬰兒的夫婦
憤怒或慘綠的少年，卻都行將消失
沒有人紀念，唯獨夜車一一記錄
八達通嚴謹如同撰寫著歷史

夜車像昆蟲奔向發光的地方
亂飛並旋轉如狂：它不知大廈已熄滅了燈
何處是人們夢想中的香港？
理想是甚麼都留給夜車去闖
但司機放棄找續——他放棄的已經夠多
八達通嚴謹、可恨也只有它在意
處處記錄人民比貨幣更無從的流浪

載著一車奄奄一息的男女
司機笑著，笑聲與收音機的廣播相和
超速警號響著，與我們的心跳也混和
其實一切都不必要響，誰都知道
超速警號遠未能標示我們的失落

幽閉大廈和屋邨間飄蕩著游魂
教人們標認被壓縮的居所，喊一聲有落！

下車前不禁回頭彷彿探問
還有沒有發光的地方
教我們再如同昆蟲奔往？
亂飛並旋轉如狂……

何處是人們夢想中的香港？
理想是甚麼都留給夜車去闖
誰在意我們的住處、精神和感受？
誰在乎歷史、公理和願望？
有的，八達通嚴謹、可恨也只有它在意
處處記錄人民如貨幣的流浪

（2011.09）

客途旺角

下班人們歸家總途經旺角
等候時心中恍惚不知失落何物
驀然回首也許發現久經遺忘的
失物就藏在人聲喧囂街角

強拋疲憊之身到旺角
疲憊就是舊居賦予的記認
旺角相見卻不相識
笑問我從何處來

賣藝人的歌聲也沒有回答
我把秘密向旺角傾吐
吐出新詩一樣的分行流質物
從何處來？往哪裡去？

店舖湮滅時也湮滅了人
我笑旺角太瘋癲
旺角笑我看不穿
城市不自主深藏的嗚咽

自由人給我們記取自由一詞
（正單衣試酒，悵客裡、光陰虛擲）
是否也把秘密暗中付與此地

（皓月清風，忍把光陰輕棄）

還是已把秘密捨棄如垃圾
洗街車清晨如坦克徐徐臨近
我想獻一朵花給清潔工
請她再遍灑秘密給旺角

她說旺角早已咀嚼秘密
我們不解以為它顯淺
旺角笑我們竟不知
別有隱秘潛伏於街巷歷史

時候已很晚了，寬頻人
問卷人比往昔更蹉跎
我們都想轉行但沒有人能逃脫
建制織造的網羅

街燈無聲伴和消頹人語
怕到旺角，怕遇舊侶
問我從何處來，往哪裡去？
勉力答向未知處再尋覓去

（2013.07）

香港冷了

地球的一端亮起時另一端熄滅
明滅的交界隨轉動移抵香港
地球載著香港飛行了一周
但我還在地上，感覺冷了
我想奔跑，換取一點內在的熱

陽光照耀的理念護送香港入夜
遊行隊伍很了解熄滅的意義
路燈照耀的標語散落一地
只有夜蟲習誦已沙啞的口號
朋友面面相覷，離別前想喚一聲同志
交換彼此哽塞著已喚不回的歷史

夜了，維港飄得更遠
海面變涼卻沒有平伏
香港問我，可否在這樣的海面航行？
我說火焰冷了
列車也散盡了乘客
香港說，冷了才可以駛向
熔爐一樣的終站

我已聽到香港的歌唱
火焰也不能制止

波浪撥動結他作伴奏
止不住逐步邁向靜止，快了
但此刻請別這樣靜下⋯⋯

炭枝燃燒發出霹啪之聲
風吹香港給煽出了火花
噴射出歷史很快繪就出圖像
不就是我們孩童時看過的畫面！

風吹香港，眾人的生活片段輕輕搖晃
香港應該奔跑，還是應該冷卻？
列車的移動好像火焰
香港問我可否乘坐
我說火焰也冷了
尾班列車幽幽駛出
模仿它最後遇見的鬼
職員降下出入口鐵閘
慣性地熄滅廣告燈箱
香港笑他，不知可以熄滅更多

倖存的精靈從鐵閘逃逸
香港載著它飛行了一周
笑談話舊間交換彼此熄滅前的眼神
看見遍地都有像香港一樣的熄滅
香港的每一幢大廈的每一戶
夜歸人、工友、主婦或少年
每一個報販以及眼前銷不去的報紙
聲嘶地吶喊竭力吸引注意的廣告

一切都累了，來吧就像香港一樣地熄滅
或像熄滅香港的熄滅一樣地熄滅
人們都附和，但香港冷了
提不起勁去熄滅

（2012.03）

紙香港

「我先前看見的難道只是一個幻景。」
——巴金〈香港之夜〉

一、The dark side of Hong Kong

我們一轉身燈火就黯淡去
黑暗不一定都環繞在夜裡
夕陽歸去，電線桿仍停駐小鳥
啾啾為消頹的我們歌唱
無歌的香港，無歌的香港

我們何必說破這早已是濫調
下班的人急步逃離鬧市
寬頻人未擺脫街燈羈絆
苦苦向發光流螢介紹
The dark side of Hong Kong

我們的生命被甚麼佔據？
The dark side of Hong Kong
還有甚麼稀奇值得去介紹？
一瓣紙張摺成的紫荊
不怕它凋謝只怕它合約期滿

二、幻彩滅香江

我們一轉身燈火就黯淡去
流光渺渺閃現舊物與人面
似繁花照眼，葉落未全飄墜
紫荊花等待我們輕吻它好去入睡

昨夜渡輪遠去似我們的熄滅
「幻彩詠香江」焚燒著萬家
歷史如落花記念數不清的墮樓人
如須超渡請多燒紙標語給香江

我們看見的難道只是個幻景
遠望浮城，窗影亂放俗世紛紜
故人勸我記取每一戶的苦楚
尾班地車滿載我們的復熾靈魂

(2013.02)

卷七、粵劇詩箋

——不知何以重拾孤零自主，際此網羅處處的世代！

幽蘭默禱

——《雙仙拜月亭》

亂風吹散星蕊
花葉未枯，詩句未解
便如破書憔悴
仍有幽蘭默禱
文字重拾秩序

遠方的戰爭近了
近不過強權與輕蔑
專橫原比戰火暴烈
花葉只因歧視而枯竭

人間傷痕纍纍的流離
飄零迄今，拾起落紅
是否仍有幽蘭默禱
雙仙拜月寄語燕雀唧枝
劃寫世態一片明澈澄空

（2017.05）

石上流泉

——《獅吼記》

碧玉錢晶瑩轉化象徵
收藏女子溫婉寄予的想像
但如果男子另作別番懷想
碧玉錢也只能吐還本相

是否幻風吹夢，冉冉到現代
所有角色都凝定如畫像
直至鑼鼓敲響即教縈迴女聲
演活仕女宛似仙家舞蹈
觀眾卻飾演不了古代看官
忍俊不禁淺俗的倫理教導

也許故事亂雲幻變
犬吠並起微聲嗚咽
是否特立的婦女如流星
點綴歷史與家庭的明滅
笑怒喜怨任憑口耳流傳
一吻只是一吻，悄然地
化作石上流泉

（2017.05）

烽煙五內

——《龍鳳爭掛帥》

凱歌唱罷戰歌又起
烽火呼召我們
還是我們五內碰擦出烽煙？
葡萄美酒淹浸名望
澆灌寶劍象徵的權威
都比我們更不勝酒力

一國與一國交鋒
似螞蟻與螞蟻的爭戰
空餘離魂落魄情感
散入狂花飛絮人家

烽火仍在如果內心
仍似重重焦灼的世界
看不見山外是否更有青山
直至我們互相看見

（2017.05）

澄明感通

——《洛神》

盈盈微步一瞬略過
淩波輕泛起歷史煙塵
我們卻憑甚麼越過
現實更陰森的播弄？

追尋的美總幻似星宿
卸卻鉛華，洗滌得出自由
但如何略過君臨的統治
任是神靈也無語

如果身輕可以乘風
也許感通就達致了美
蝶夢的語言從夢境歸來
仍苦尋麗人於仙山
可知推窗只渴欲一見
一幅清澈澄明的獅子山？

（2017.05）

青鳥脫穽

——《再世紅梅記》之「脫穽救裴」

燈影隱約翻作餘燼
跌宕琴聲宛似頹城亂破
私語間四顧彷彿有劍在
不知何以重拾孤零自主
際此網羅處處的世代！

呼嘯一聲滿座列車劃過
照見紛紛絃樂璀璨
也照見勞者汗滴滿途
歌手淺笑未許透露淚痕
廢園荒木是否我城掩卷？
閃去，閃來，未知失足何處
深藏她憂懼的關愛

聽秋風架起鐮刀
是世代還是氣候的變幻？
虛弱呢喃僅餘一點自主
怕遇強光照散凝碧
高歌焦躁，驚起樹叢間幌動
青鳥一雙銜帶落枝隱去

(2018.12)

後記

超越、無語的呢喃

《離亂經》，既是離散亂世之紀，也是求脫離亂之經。《離亂經》呼應時代亦尋求超越，回應現世又極力脫離。詩句織造時地人糾葛交纏的心像卻又不可言說地，化作一絲一縷的幽微；飄鳥語盡前，仍待字形書頁如雨帶風，吹返人間。

《離亂經》收錄 2009 至 2025 年期間的詩作八十首，卷一至卷三是近五、六年間作品，卷一寫於臺灣，卷二和卷三都在香港完成，這三卷詩作都可說是集中地以香港為主題，但「香港」從來不是單一的概念，我嘗試運用不同的形式、結構和思考方向，創設不同的音韻和節奏，讓「差異」還原、照見於本性的異質，呼應種種環迴於個人內在與時代外間交纏疊映的聲影。

詩句講究形式和音韻，因為詩歌所對應的香港本身，它的外觀，大廈、山形、海岸，皆於接近被壓縮的空間裡極致地起伏跌宕；它的觀念，文化、價值、理想，亦近似於詩歌的不可言說：香港是一座城市，也是一陣斜灑的雨；香港是一種字型、一具脫落偏旁部首的老舊霓虹燈牌，也是一陣索落心緒的抒懷。香港是入夜以後才聽得見的，穿梭在大廈之間失聲的無語呢喃。

卷四是寫於 2009 至 2025 年的十四行詩二十二首，我自 2002 年起投入於寫作十四行詩，作品陸續收錄於詩集《低保真》和《市場，去死吧》；十四行詩源自義大利和英國的中古詩體，再經近代德語詩人里爾克和現代英國詩人奧登對十四行詩形質理念的轉化和變格，仍始終是一種建基於音韻和節奏的知性抒懷。華語十四行詩源於五四時期梁宗岱、朱湘、馮至、卞之琳等人對西方詩體的引進、轉化，1950年代以後，有詩人（例如紀弦）反對華語十四行詩，也有詩人（例如楊牧）用心繼承華語十四行詩。

楊牧在〈詩的自由與限制〉一文提出：「二十年代至四十年代的詩人實驗商籟體，最重要的意義，也許還不是詩體之技術移植，而是因為此移植所產生於中國的新感性和新體驗。」（楊牧《文學的源流》，頁14），他強調十四行詩的關鍵在於「新感性和新體驗」，楊牧本人也持續在創作上嘗試，在他不同時期的詩集，從七、八〇年代的《瓶中稿》、《海岸七疊》、《有人》、九〇年代的《完整的寓言》、《時光命題》以至2013年的《長短歌行》，都有收錄多首十四行詩。我在2002年開始的十四行詩寫作，一方面有意繼承梁宗岱、朱湘、馮至、卞之琳等人以至楊牧一路以來的傳統，另方面也特別感應到，這種基於音韻和節奏的知性抒懷，巧妙地契合我寫詩當下的音樂想像。

卷五「加鹽的咖啡」寫作時間跨越2009至2019年，其中〈加鹽的咖啡〉一詩的題目，源自也斯的一篇散文的題目，是我為紀念老師而作的詩。〈咖啡曲〉和〈玻璃曲〉，是兩首有意結合另一種音韻和自由體形式的組詩，雖然時間由2012年至2018年相隔了六年，其間仍有某種呼應，或許整輯卷五的一系列作品，也是一種個人內在與社會議題交織矛盾的呼應。

卷六「發了一場香港夢」再次回到香港議題，從2011到2019，香港就好像一個「具香港特色」的小巴司機，時而亢奮、時而麻木地駕駛著，乘客在車上總是心情忐忑，每人都要憑藉窗外急逝的地景，追尋歸家的微茫方向，最後喊一聲「有落」。〈香港韶光〉一詩，好像一頁香港繁華夜景燈光的簡史，實際上香港的歷史彷彿更像是由不同年代的、不同大廈寫成，因此在2010年代我看見不同社區從急轉歲月演變成的中老年大廈，深感它們滿載著香港的中老年歷史。如果返回一個最簡單的比喻，從1841年到2020年接近一百八十年的幾代人的香港生活，是否真的在現實上發了一場香港夢？我很不願意順應這種簡單的比喻，卻也感受到夢醒和夢覺的部分真實。也許，未等到2010年代的終末，我在2012年的〈香港冷了〉這首詩，已寫出了某種帶點抽象或實在是有意建立抽象的呼應：「一切都累了，來吧就像香港一樣地熄滅／或像熄滅香港的熄滅一樣地熄滅／人們都附和，但香港冷了／提不起勁去熄滅」。

卷七「粵劇詩箋」的五首詩，源自參加兩次不同單位主辦的、詩與粵劇的跨界寫作活動，其間我重看了多齣粵劇經典，嘗試描述建基於粵劇內容的詩化聲音，突出粵劇的藝術高度，一方面加入現代的角度，另方面再嘗試回頭以粵劇的角度回應當世這時代的種種。

以上是《離亂經》卷一至卷七總共八十首詩的概括描述，實在從2009至2025年這十六年間的詩作，又怎麼可能扼要地概括描述？還請讀者返回每一首詩的詩句本身作出自己的閱讀，此外我在「附錄」的〈創作年表簡編〉，嘗試讓讀者了解我的創作歷程，從1985至2025年這四十年間，無間斷地投入於詩歌寫作，它染織了我的人生、進入了我的思維，嘗試創建另一種對應於外在現實的詩性抽象本真，我期望當中至少有部分，可以是一種超越。「時代激蕩搖撼我身軀／引我翻滾跌進香港眼波」，如果詩歌的生成和呼應，源自時代、也無以脫離時代，在信念浮沉、屋舍顛沛間，翻滾跌蕩了好幾回，倘若已嚐透了變幻，源於時代的，最終仍須超越時代。

至於這本詩集，如果詩歌是一切文學形式的極致，那麼從文學書籍的角度看，詩集也可說是一切文學書籍的極致；卻又是現實操作中最難實現出版的一種文學書籍。由此要衷心感謝策劃本詩集出版的鄧小樺、以及為本詩集寫序的鴻鴻，鄧小樺寫過至今所見最深刻的《低保真》評論，對她的最早印象，始於 2000 年一月「詩城市集」在藝穗會舉行的座談會，鴻鴻更早於 1997 年他到香港出席光華新聞文化中心舉辦的「鴻鴻詩歌朗誦會」就已結識，我在《呼吸詩刊》第四期發表的〈朗誦的陰影〉記錄過。他們一定明白，詩對讀者有所要求也有所期待，卻又無從言說、不可聲張。然而不同時代的詩人、編輯和出版社，仍不畏艱困地使一本又一本詩集面世，因為我們始終對文學和讀者本身，抱持最極致的詩歌一般超越時代的希冀和信任。

陳滅

2025 年 5 月 5 日完稿於新竹清大人社院

附錄

創作年表簡編（1985-2025）

一、1980 年代

1985 年 3 月，詩作〈牆〉獲第十二屆青年文學獎「新詩初級組」第三名。

1986 年 11 月 28 日，詩作〈一夜〉發表於香港青年作者協會主持的《公教報．青原篇》。

1987 年 3 月，詩作〈鼓客〉獲第十四屆青年文學獎「新詩初級組」第三名。

1987 年 7 月 24 日，散文〈藍色的結他手〉發表於香港青年作者協會主持的《公教報．青原篇》。

1987 年 8 月，詩作〈鼓客〉發表於《九分壹》第 4 期「第十四屆青年文學獎」專輯。

1987 年 11 月，小說〈西窗下〉發表於《突破》第 157 期。

1988 年 10 月，詩作〈街上的意象〉、〈對話〉發表於《突破》第 168 期。

二、1990 年代

1991 年 3 月，詩作〈你從廣州回來——給 S〉獲市政局中文文學創作獎「新詩組」第三名。

1991 年 5 月，評介楊牧〈悲歌為林義雄作〉的論文〈尋找楊牧——一首軼詩及其他〉發表於《東海文學》第 36 期。

1992 年 12 月，詩作〈在台中市〉獲東海文藝創作獎「新詩組」首獎。

1993年6月，七言絕詩〈歸城三首〉獲東海大學中文系第二屆夔鳳文學獎「古典文學（詩）組」第一名。

1993年6月，論文〈可游的文本〉獲東海大學中文系第二屆夔鳳文學獎「文學批評組」第一名。

1993年10月，詩作〈從邊陲〉發表於《素葉文學》第47期（復刊22號）（筆名：游目）。

1993年11月，詩作〈重看《牯嶺街少年殺人事件》〉發表於《越界》第58期（筆名：游目）

1994年4月，散文〈古琴的聲音〉獲八十二年度教育部文藝創作獎「社會組散文類」佳作。

1994年8月，詩作〈藏書〉發表於《素葉文學》第54期（復刊29號）（筆名：游目）。

1995年1-2月，在《素葉文學》第56、57期（復刊31、32號）發表新詩《渡輪》（筆名：游目）。

1995年2月，詩作〈話圈〉獲市政局中文文學創作獎「新詩組」優異。

1995年5月，書評〈想像和虛構的夢與詩〉發表於《讀書人》第3期（筆名：陳兩行）。

1996年4月，詩作〈遠去的救護車〉、〈餘燼〉、〈燈籠〉、〈建築與人〉發表於《素葉文學》第60期（復刊35號）（筆名：陳兩行）。

1996年4月，與樊善標、杜家祁、王良和、劉偉成等等十四名朋友共同創辦的《呼吸詩刊》，創刊號面世，至2001年出版第七期後停刊。

1996年10月19日，書評〈墨色烏黑至銀灰的變化——讀《博物館》〉發表於《信報》（筆名：陳滅）。

1997年，與黃燦然、劉偉成合編的《從本土出發：香港青年詩人十五家》，由香江出版有限公司出版。

1999年7月，詩作〈林中星宿〉發表於《純文學》復刊第15期。

三、2000 年代

2000 年 1 月，為第一屆「詩城市集」選邀中文詩人，並在特刊撰寫前言〈詩城紀略〉。

2001 年 1 月，與葉輝、崑南、廖偉棠共同創辦的《詩潮》（自印本），創刊號面世。

2001 年 1 月，為第二屆「詩城市集」選邀中文詩人，並主編詩作及評論集《詩城市集：詩與標記》（Hong Kong : CityPoetry Project，2001）。

2002 年 1 月，《詩潮》獲香港藝術發展局資助，改版後正式出版的創刊號面世，與葉輝、崑南、關夢南合共四人輪流主編，按月出版至第十二期後停刊。

2002 年 12 月，出版第一本詩集《單聲道》（香港：東岸出版，2002）。

2004 年 11 月，出版第二本詩集《低保真》（香港：麥穗出版，2004）。

2004 年 6 月，小說〈開口夢〉發表於《作家》第 24 期。

2005 年 2 月，散文〈虎地：1997-2004〉發表於《作家》第 32 期。

2006 年 1 月，小說〈食帶傳奇〉發表於《號外》352 期。

2006 年 1 月，出版散文集《愔齋書話：香港文學札記》（香港：麥穗出版，2006）。

2006 年 4 月，詩作〈馬路天使〉發表於《字花》第 1 期。

2006 年 5 月，詩作〈酒後趕路〉發表於《月台》第 3 期。

2006 年 5 月，散文〈暗晦的理念——再讀《有人問我公理和正義的問題》〉發表於《作家》第 47 期。

2006 年 6 月，詩作〈灣仔老街〉發表於《月台》第 4 期。

2006 年 8 月，詩作〈香港再見〉發表於《字花》第 3 期。

2006 年 10 月，詩作〈市場，去死吧〉發表於《字花》第 3 期。

2008 年 7 月，出版散文集《愔齋讀書錄》（香港：Kubrick，2008）。

2008 年 12 月，出版詩集《市場，去死吧》（香港：麥穗出版，2008）。

2009 年 7 月，出版散文集《抗世詩話》（香港：Kubrick，2009）。

四、2010年代

2012年，獲選為參加「愛荷華國際寫作計劃」之香港作家，八月底前赴美國愛荷華大學進行為期三個月的文學交流，經費由何鴻毅家族基金支持，並編印中英雙語作品集《International Writing Program 2012：Hong Kong writer：陳智德》（香港：何鴻毅家族基金，2012）。

2012年11月，主編韓中雙語的《香港詩選1997-2010》（《홍콩시선 1997-2010》，高贊敬譯，首爾：知萬知，2012）。

2013年11月，出版散文集《地文誌：追憶香港地方與文學》（新北市：聯經，2013）。

2014年10月，獲邀參加「2014台北詩歌節」。

2016年2月，散文〈香港中文的斷想〉發表於《聯合文學》第376期。

2017年10月，詩作〈盂蘭舊話〉發表於《聲韻詩刊》第38期。

2017年11月，獲邀參加「香港國際詩歌之夜2017」，出版個人詩選集《香港韶光》（香港：中文大學出版社，2017）。

2018年4月，出版散文集《這時代的文學》（香港：中華書局，2018）。

2018年5月，詩作〈香江晚影〉發表於《無形》第1期。

2018年7月，詩作〈水滴史〉發表於《字花》第74期。

2018年9月，獲邀參加「台北風雅頌—2018亞洲詩歌節」。

2019年8月，詩作〈中老年大廈〉發表於《無形》第16期。

2019年11月，詩作〈香港的擺盪〉發表於《字花》第82期。

五、2020年代

2020年1月，詩作〈咖啡曲〉發表於《方圓：文學及文化專刊》第2期。

2020年8月，散文〈瓶中又稿——紀念楊牧先生〉收錄於須文蔚主編《告訴我，甚麼叫做記憶：想念楊牧》（台北，時報出版，2020）。

2021年4月，散文〈樂文誌：風繼續吹冷喝采〉發表於《方圓：文學及文化專刊》第 7 期。

2021 年 8 月，散文〈樂文誌：昨夜拋棄感覺的渡輪上〉發表於《無形》第 40 期。

2021 年 12 月，書評〈字有靈，人有愛——與《香港字》同在的抒情〉發表於《聯合文學》第 446 期。

2021 年 12 月，散文〈到東海的路〉收錄於周芬伶主編《葉過林隙：楊牧和他們的東海》（台北：INK 印刻文學，2021）。

2022 年 4 月，散文〈再會吧，香港〉發表於《方圓：文學及文化專刊》第 12 期。

2022 年 4 月，詩作〈一個人的香港〉發表於《無形》第 48 期。

2022 年 5 月，散文〈防空洞可以抵禦些甚麼〉發表於《無形》第 49 期。

2022 年 11 月，詩作〈霧港話別——變奏自鄭敏《池塘》、《悵悵》〉發表於《無形》第 55 期。

2023 年 2 月，散文〈與西西在浮城到處去走走〉發表於《聯合文學》第 460 期。

2023 年 2 月，書評〈疫病時代的詩史美學——讀李有成詩集《今年的夏天似乎少了蟬聲》〉發表於《時報文藝》。

2023 年 8 月，出版散文集《樂文誌》（台北市：時報文化，2023）。

2024 年 7 月，散文〈一閃青色的光芒：致也斯先生〉發表於《方圓：文學及文化專刊》第 21 期。

2025 年 3 月，散文集《抗世詩話》由董啟章成立的「董富記」以 NFT 電子書形式再版。

2025 年 3 月，詩作〈無聲譜〉發表於《聲韻詩刊》第 82 期。

國家圖書館出版品預行編目 (CIP) 資料

離亂經 / 陳滅作 . -- 初版 . -- 臺北市：二〇四六出版：遠足文化事業股份有限公司發行 , 2025.06 面； 公分
ISBN 978-626-99714-0-4(平裝)
851.487 114006150

離亂經

作者｜陳滅
責任編輯｜鄧小樺
執行編輯｜余旼憙
文字校對｜余旼憙
封面設計及內文排版｜朱疋
封面字體｜北魏真書

出　版｜二〇四六出版
發　行｜遠足文化事業股份有限公司（讀書共和國出版集團）
社　長｜沈旭暉
總編輯｜鄧小樺
地　址｜103 臺北市大同區民生西路 404 號 3 樓
郵撥帳號｜19504465 遠足文化事業股份有限公司
電子信箱｜enquiry@the2046.com
Facebook｜2046.press
Instagram｜@2046.press

法律顧問｜華洋法律事務所 蘇文生律師
印　製｜博客斯彩藝有限公司
出版日期｜2025 年 5 月初版一刷
定價｜380 元
ISBN｜978-626-99714-0-4